U0458984

名家短经典

〔俄〕契诃夫 —— 著

耿济之 —— 原译
廖美琳 —— 重译

没意思的故事

契诃夫短篇小说精选

CHEKHOV COLLECTED STORIES

人民文学出版社

PEOPLE'S LITERATURE PUBLISHING HOUSE

Anton Pavlovich Chekhov
Collected Stories

图书在版编目(CIP)数据

没意思的故事:契诃夫短篇小说精选/(俄罗斯)
契诃夫著;耿济之原译;廖美琳重译. —北京:人民
文学出版社,2022(2023.1重印)
(名家短经典)
ISBN 978-7-02-016572-8

Ⅰ.①没… Ⅱ.①契… ②耿… ③廖… Ⅲ.①短篇小
说-小说集-俄罗斯-近代 Ⅳ.①I512.44

中国版本图书馆 CIP 数据核字(2020)第 162801 号

责任编辑　卜艳冰　邱小群
封面设计　李苗苗

出版发行　人民文学出版社
社　　址　北京市朝内大街 166 号
邮政编码　100705

印　　制　山东新华印务有限公司
经　　销　全国新华书店等

开　　本　890 毫米×1240 毫米　1/32
印　　张　6.5
字　　数　163 千字
版　　次　2022 年 1 月北京第 1 版
印　　次　2023 年 1 月第 2 次印刷

书　　号　978-7-02-016572-8
定　　价　45.00 元

如有印装质量问题,请与本社图书销售中心调换。电话:010 - 65233595

目录

散戏之后

　　娜卡·戴莱尼同她母亲从戏园里回来，那天，戏园里演了一出戏名叫《叶甫盖尼·奥涅金》的戏剧。她跑到自己的屋子里去，很快脱去衣服，散开发辫，穿了一条短裙和衬衣，坐在桌子旁边，想仿照达吉雅娜的笔调写一封信。

　　她写道：

　　"我爱你，可是你不爱我，不爱我！"

　　她写着写着就笑了起来。

　　她那时候不过十六岁，她还没有爱上谁，却知道军官戈尔南和学生格罗兹杰夫都很爱她。可自从那天晚上看完戏以后，她对于他们的爱情忽然生出疑惑。做不被人爱的、不幸的人——那多有趣啊！她觉得一个人爱得深，而另一个却很冷淡，是一件很有意思、很动人，并且含着诗意的事情。

　　在那出戏里，奥涅金以绝不爱人为乐趣，达吉雅娜却老迷着他，因为她很爱他，假如他们能够互相恋爱，享受幸福，那这件事情也就枯涩无味了。

　　娜卡想起军官戈尔南来，就往下写道：

　　"你也不用在我面前坚持说你爱我，我也不能够信你。你很聪明，很有学问，很严正；你是绝对的天才，光明的未来正等着

1

你，我却是一个低微的不幸女人，并且你也深知我只会成为你生活上的阻碍。虽然你还在注意我，想着用你自己的理想来迎合我，然而这一定是错误的，现在你一定已经后悔，并且自问道：我为什么要同那姑娘亲热呢？可不过因为你这个人太善良，所以你还不愿意承认呢！……"

娜卡写到这里，觉得自己身世飘零，禁不住就流下泪来，继续写道：

"我很不忍离开我那亲爱的母亲和兄弟，要不然我就披上袈裟，只身遁去，到那人迹不到的地方去另讨生活。那你也就成了自由的人，可以另爱别人了。唉，我还不如一死呢！"

娜卡含着一汪眼泪，也辨别不出写的是什么，只看见桌子上、地板上和顶棚上，一条一条的彩虹不住地在那里摇荡着，仿佛是从三棱镜里看见的一样。她再也写不下去，就往椅子背上一靠，想起戈尔南来。

男子真有趣，真能撩人呀！娜卡想起他们一块儿谈论音乐的时候，他那又温柔、又口吃，并且时常错误的言辞是何等的有趣！他也总是竭力使自己的嗓音不流露出激烈的声调。在社交场合，即使有冷静的头脑和骄傲的习气，受过高等教育，有着道德高尚的表征，自己的嗜好也不得不收藏在一边。戈尔南也知道这样藏着，可是终究有时要流露出来，所以大家都知道他对于音乐十分嗜好。有人不免要不断地议论音乐，或者有不了解音乐的人偏要发出那可笑的言论，他却还保持着常态，好像恐惧胆小似的一句话也不说。他钢琴弹得很好，和真正的钢琴家弹的一样。假如他不做军官，他一定会成为一位有名的音乐家呢。

眼睛里的泪已干了。娜卡回忆起戈尔南曾在音乐会上和她讲过爱情，后来在穿衣架旁边也讲过一次，那时候正徐徐地吹着微风。她又往下继续写道：

"我很高兴你跟格罗兹杰夫认识了，他是一个很聪明的人，你一定也爱他，昨天他在我家里，坐到两点钟才走。那天晚上我们都很快乐，可惜你却没有来。他讲了许多有趣的话。"

娜卡手按在桌上，头枕着手，她的头发遮没了那封信。她记得学生格罗兹杰夫也很爱她，他也应当有一封和戈尔南同样的信才好。不过要怎样给格罗兹杰夫写信呢？不知什么缘故她的胸中忽然掀起了一股欢乐：起初这股欢乐还小，仿佛在胸间摇荡着一个小橡皮球儿一样，然后那快乐就慢慢地扩大，竟像波浪起伏一样。娜卡已忘记想戈尔南和格罗兹杰夫，因为她的思想已经错乱，可是那快乐却越发增长起来，从胸脯达到手足四肢，欢乐好像轻微的冷风似的吹进头脑里来，掠着头发过去。她耸着肩膀不住地大笑着，连桌子和灯上的玻璃都慢慢地颤动起来，眼泪也进了出来，落在那张信纸上面。她的笑好久没能止住，她想要停止来着。为了表明自己不是无端发笑，她打算赶紧想出一件可笑的事情来。

她觉得自己笑得快透不过气来了，赶紧说道：

"这只小狗真可笑！这只小狗真可笑！"

她记起，昨天喝茶后格罗兹杰夫同小狗马克新闹着玩，之后他就讲起一只聪明小狗的故事来：

那只小狗在院子里追赶乌鸦，乌鸦却回头看着它说道：

"哼，你这个坏蛋！"

小狗并不知道那被它追赶的乌鸦是很有学问的，一下子就呆住了，疑惑了好一会儿，然后就狂吠起来。

想到这里，娜卡决然道："不，我还是爱格罗兹杰夫的好。"说完这话，她立刻把刚才那封信撕掉了。

她开始想着那学生的爱情和自己的爱情，可不料她脑筋里的念头

3

总是摇摆不定。于是她就乱想起来：母亲、街市、铅笔、风琴……她想得很高兴，她认为世界上所有的东西都是好的，美妙的，并且她的欢乐还告诉她说这并不算稀奇，还有更好的在后面。很快春天过去，夏天到来，她就可以同母亲到戈尔比基去，戈尔南也告假往那里去，同她一块儿在花园里闲逛，顺便谈谈心事。格罗兹杰夫也跑来同她一起打棒球和网球，给她讲可笑或奇异的事情。他十分喜欢花园、黑夜、青天和繁星。她重新又耸着肩笑起来，她仿佛觉得室内一阵阵的花香从窗外透将进来，沁人人的心脾。

她走到窗前，坐了下来，也不知道那使她沉溺的欢乐是从哪里来的，她目不转睛地瞧着挂在床背后面的神像，喃喃地说道："上帝！上帝！上帝！"

侯爵夫人

一辆套着四匹肥红马的车儿，往 N 修道院的大红门里跑了进去。修士祭司和修士成群地站立在客室外两旁。他们远远地看见那个马夫和几匹马儿，便知道坐在车中的那个太太正是他们的好相识——侯爵夫人薇拉·加甫里洛芙娜。

一个穿着制服的老人从车台上跳下来，帮着侯爵夫人下车。她揭起面网，慢慢地走到修士祭司前，领受他们的祝福；回过来又向修士们点了点头，露出亲热的样子，便走进屋里去了。

几个修士替她搬行李时，她对他们说道："你们的侯爵夫人不在这里的时候，你们不觉得寂寞吗？我已经有一个多月不在这里。现在回来了，你们看看你们的侯爵夫人吧。掌院神甫哪里去啦？我的上帝，我简直等不及了。这个奇怪的老头儿！你们这里有这样个掌院，真该骄傲才对。"

掌院进来了，侯爵夫人欢然叫了一声，两手交叉在胸前，走到他面前领受祝福。

"不，不，让我亲一下。"她说着，便拉着他的手，狠狠地连亲了三下。"神甫，我终于又见到你，我多么快乐啊！你也许要把你的侯爵夫人忘掉，我却每分钟都想来你们这可爱的修道院居住。你们这里多好啊！这里的生活亲近上帝，远离尘俗，仿佛有种特别的乐处，我精神上能够感受到，嘴里却描述不出来啊！"

侯爵夫人说到这里，小脸儿红起来了，泪珠儿也掉下来了。她不住地说话，说得十分高兴，但是那个七十多岁的掌院神甫，却是一个严肃、难看、拘谨的老人，此时他一言不发，仿佛士兵面对长官，只断断续续说了几句："是，夫人……是……明白了……"

然后他问道："夫人光临这里不多住几天吗？"

"今天我在你们这儿住一夜，明天去克拉芙季娅·尼古拉耶芙娜那儿——我同她已许久没见了——后天再到你们这儿来，打算住三四天。神甫，我打算在这里休养休养精神呢。"

侯爵夫人极爱住在 N 修道院里。近两年来她越发爱这个地方，每逢夏天就时常到这里来住上两三天，有时候还能住一个星期。那些胆怯的修士，那种宁静，那些低矮的屋顶，扁柏的香气，简单的食物和廉价的窗帘——现在都使她动心，使她心安，使她不由得沉思默想，头脑中产生了许多美好的思想。她只需在这间屋子里坐上半个钟头，便觉着自己羞怯起来、温和起来，自己身上也散发出扁柏的香气来。过去的事情已经远远地离开，丧失了它的价值。侯爵夫人想，她年纪虽只有二十九岁，却很像个老掌院，并且仿佛她生在世上并不为着财富，也不为着人间的尊贵和爱情，却为着离世独立的寂静生活……

一间黑暗的小屋里，一个持斋的人正在那里聚精会神地祷告，忽地日光窥射进来，或者还有一只小鸟飞来坐在窗上唱起歌来。在持斋人的胸怀里，从那忧愁罪孽的心思底下——仿佛水从石头底下流出一般——莫名涌出一丝宁静清白的快乐来，之前还一脸严肃的持斋人不由得笑了一笑。侯爵夫人觉得那快乐仿佛是日光或小鸟带来的慰藉物。她那亲切欢畅的笑容、温和的目光、戏谑的笑声，还有那穿着黑色的寻常衣服、娇小玲珑的身体，在那些纯朴严谨的人心中引起平和快乐的情感。每个人看着她，都在想："上帝送来天使给我们呢。"她觉着每人都这样想，便越发笑得亲切起来，竭力去模仿那只小鸟。

她喝了点茶，休息了一会儿，便走出去游逛。那时候太阳已落，一阵芬芳的花草潮气从修道院的花圃那边直吹到侯爵夫人身上。教堂里轻轻传来一些男子唱诗的声音，远远地听着悦耳又忧郁。那时候正在举行夜祷。黑暗的窗里，灯光半明半暗地闪耀着，墙上的影儿映出老修士的脸庞，他正坐在祷告室神像旁边，面前围着一群修士。侯爵夫人看着那静谧的景象，几乎要哭出来。

大门后边，墙根和桦树中间的甬道上，放着几个石凳，那块地方已经显出夜来的景致。天空很快地黑暗下来。侯爵夫人走到甬道上，坐在石凳上冥想起来。

她想着最好能一世住在这个修道院里，过那恬静寂寞的生涯；最好能忘掉那个放荡薄情的侯爵和自己尊贵的爵位身份；最好也能忘掉那个每天都来吵扰她的债主和自己许多不幸的故事；并且最好能忘掉今天早晨那个面容凶恶的女仆达沙。她又想最好能一世坐在这石凳上，从桦树之间看山下夜雾成团地在空中弥漫着。远远的树林上面，许多乌鸦冲开网面似的黑云，飞投宿巢。两个修士，一个骑着一匹劣马，一个步行着正赶马到马厩里去。他们两人在这个自由的天地里，十分欢喜，不由得小孩似的嬉戏起来。他们那年轻的嗓音，响亮地在静谧的空气里颤动，每一句话，远远都能听见。她想最好就这样坐在那里静静地听着，一会儿微风过处，桦树顶儿渐渐颤动起来，一会儿蛙儿藏在陈年的落叶堆里鸣叫起来，一会儿墙后钟声咣咣地响起来……她就在这里一动不动地坐着、听着、想着……

一个老妇人负着背囊，从她面前走过。侯爵夫人想着最好能把这老妇人拦住，同她说几句安慰知心的话语，再帮助帮助她。但是老妇人一次也不向她望去，沿着墙角，急匆匆地走过了。

过了一会儿，甬道上出现了一个斑白胡须的高大男子，头上戴着一顶草帽。他走到侯爵夫人面前摘下帽子，鞠了一躬。侯爵夫人看着他那大白秃头和尖利弯曲的鼻子，立刻就知道此人是米哈依尔·伊凡内奇医生，五年前曾在她的杜博夫卡庄园当过医生，所以她认识他。她突然想起仿佛有人曾对她提过，去年这个医生死了妻子，她便打算安慰他一下。

她含着笑亲切地问道："医生，你大概不认识我了吧？"

医生重又摘下帽儿说道："不，夫人，认识的。"

"唔，谢谢你，我几乎认为你已经忘掉了我这个侯爵夫人了。人们总是只记得自己的仇敌，却永远忘记好朋友。你也是来祈祷的吗？"

"我因为职务的关系，每星期六住在这边，我在这儿替人看病。"

侯爵夫人叹着气问道："唔，你一向好啊？我听说你的夫人过世了。这真是不幸啊！"

"是的，夫人，这个对于我真是极大的不幸。"

"有什么法子呢？我们应该服服帖帖地忍受这些不幸。没有上帝的意志，一根头发也不会从人头上掉下来的。"

"是的，夫人。"

医生对于夫人那亲切的笑容和同情的叹息，只是冷淡地回答一句"是的，夫人"。他脸上的神情也是冷冰冰的。

夫人想道："还有什么话可以对他说呢？"

她又说道："我和你有多长时间没见了？五年了！这五年来有多少水流入大海中，有多少变更发生在世上，真叫人想着害怕啊！你知道我已经出嫁……从伯爵的小姐变成侯爵夫人，甚至现在要同丈夫离婚。"

“是，我听说过。”

“上帝给我许多考验。你大概也听说了我快要破产。现在已经卖掉杜博夫卡、基利亚科沃、索费伊诺的几块地，用来偿还我丈夫的债务。我现在只剩下巴拉诺沃和米哈尔采沃两块地方，回首往事，真是可怕呀，不知道有多少变更、多少不幸、多少错处啊。”

“是，夫人，许多错处呢！”

侯爵夫人有点不安起来。她知道自己的错处，但是这些错处对她来说十分私密，只许她一个人去想它说它。她便忍不住问道：

“你想的是怎样的错处呢？”

医生笑着回答道：“你自己提起这句话来问我，就说明你自己知道。唔，这个我能说些什么呢？”

“不，医生，请你说吧。我很感谢你，请你不要跟我客气。我喜欢听别人说实话。”

“夫人，我可不是审判官啊。”

“不是审判官！你怎么这么说？你一定知道些什么，请说吧！”

“如果你愿意听，我就不妨说一下。但可惜我不会说，并且别人也不大会明白我的话。”

医生想了想便说道：

“错处是很多，但是其中最重要的，依我看，就是那种普遍的风气，那个风气在你的各处庄园都盛行。你看我简直不善于表达我的意思。最主要的是对人的憎恶心理，这在一切事情上都能感觉到的。你们的全部生活就建立在这种憎恶的心理上。人的声音，人的脸，人的后脑壳，人的脚步声，总而言之对于所有人成为人的东西，你们都憎恶。所有门口和楼梯上都站着粗鲁、懒惰、吃得饱饱的、穿着号衣的仆从，为的是不放那些衣服穿得不体面的人进来；前屋里放着许多高背椅，使那些仆人在跳舞和见客的时候，不能用后脑弄污了墙上的印花纸；各屋里都铺着厚绒地毯，以免听见人的脚步声；每一个进来的人，都预先警告他，让他说话轻一些、少一些，不要说那能够惹起想象和情绪的话；在你的书室里，不与别人握手，也不请别人坐——正像刚才你不与我握手、不请我坐一样……"

侯爵夫人伸出手来含笑说道："如果你愿意，不妨握一下。真不值得为这点小事生气啦。"

医生笑道："难道我生气了吗？"说着脸儿红了一下，摘下帽子，一边拿在手里摇着，一边热烈地说道："老实说，我早就在等机会把这些事情全对你说一下了。我认为你看待所有人的方式，是拿破仑式的，别人仿佛都是炮灰。但是拿破仑总还有一点理想，你却除掉憎恶以外，没有别的。"

侯爵夫人惊愕得两肩直耸，但还是笑道："我对于人类有一种憎恶，有这个心理啊？"

"是，你有的！你愿意用事实来证明吗？很好。在米哈尔采沃，住着三个乞讨的人，他们就是你从前的厨子，在你的厨房里，因为烟火熏盲了双目。在你那一万亩的土地上，许多强健、有力、美好的人，都被你和你的食客叫去当跟班、仆役和车夫，这些两脚的生物都被培养成奴才，坐食不做事，变得愚傻，丧失了人的样子……还有那些年轻的医师、农艺师、教师，一般的脑力劳动者，你们硬夺去他们的事业和他们神圣的劳动，致使他们为几块面包而加入到各种为正经人所羞于进入的木偶滑稽剧里！那些年轻人不到三年，便变成虚伪、谄媚、奸诈的人。这样做对吗？你那些波兰籍的总管，那些下流的暗探，一天到晚在一万亩田地上跑着，竭力从一头牛身上剥下三层皮来取悦你。我话说得毫无次序，但是这个也不要紧，平常人你不认他做人，那些时常到你这里来的侯爵、伯爵和主教，在你看来，仿佛和布景一般，并不是个活人。而最最使我难受的就是，空有百万家财，却一点也不为人们做点事情。"

侯爵夫人坐在那里，惊愕、害怕，又难过，不知道该说什么，也不知道该怎么应付。从前没有人用这样的语气对她说话。医生那种毫不客气且气愤的声调，以及他笨拙口吃的话语，使她耳朵和头脑里都生出一种尖锐的敲打声。然后她觉着那颤巍巍的医生，在用帽儿击打她的脑袋。

她用哀求的嗓音轻轻说道："不对，我为人们做了许多好事，这你是知道的！"

医生喊起来："得啦！难道你还认为你所做的慈善事业是极正常、极有益的工作，而不是木偶滑稽剧？我敢说，那种事自始至终完全是一出滑稽剧，是捉弄人的游戏，最露骨的游戏，连小孩和傻妇人都能看透的啊！譬如说，你为那些无儿女的老人办了一个养老院，在里头你让我做什么主任医生，你自己却做名誉院长。哦，上帝，这是怎样可爱的慈善机关啊！建了一所房屋，装上方块地板，屋顶上飘着风信标，在村里召集了十几个老妇人，逼着她们躺在荷兰棉布的床单上，盖着毛毯，吃冰砂糖。"

医生恶狠狠地拍着帽儿，又赶紧说道：

"那是耍把戏！那些低级职员把被褥和被子藏在门后，免得让老妇人弄污了，却还吩咐她们睡在地板上！老妇人既不敢坐在床上，又不敢穿衣服，只在光滑的方块地板上走着。所有东西都为着摆排场，平时就保存起来，躲避着老妇人像躲避盗贼一般；那些老婆子也只能靠天养活着，吃口苦饭，还日夜祷告上帝赶紧帮她们脱离罗网，躲开你派去监视她们的那些撑饱肚子的坏蛋，免得听他们那套关于灵魂得救的教训。至于那些高级职员又是怎么做的呢？简直可笑得很！每礼拜总有一两个晚上，几个当差的骑着马来说侯爵夫人，就是你，要到院里来了。这就是说，明天应该把病人扔开，穿好衣服，接受检阅。

好吧，我也就按时到来。那些老婆子全穿着干净又新的衣服，排列得很整齐，在那里等着。一位监察官含着甜蜜奸猾的笑容来回在她们旁边走着。老婆子们一面打着呵欠，一面向四处探望，生怕有人埋怨她们。等了半天，小总管骑马过来了；过了半小时，大总管也来了；又过半小时，会计总管来了，之后又有一些人来了……不断的车马往来！每个人脸上都显出神秘得意的神色。等着，等着，这只脚站酸了，换那只脚站着，不停看着时针，然而每个人都像死人似的一言不发，因为我们全都互相仇视嫉妒。过了一小时、两小时，好不容易才远远瞧见一辆马车跑过来……"

说到这里，医生咻地笑了一声，然后继续轻轻地说道：

"你从马车里下来，那些老巫婆由那个老耗子指挥着齐声唱起歌来：'我主在锡安山的光荣，不是人的言语可以形容。'……一出好戏，不是吗？"

医生哈哈大笑起来，摇着手，仿佛要借此表示他笑得说不出话来。他张着大嘴，露出黄牙，笑得很用劲，仿佛恶徒的笑法一般。从他的嗓音、脸色和傲慢的眼神看，就知道他深深地憎恶侯爵夫人、养老院和那些老婆子。其实他说的那些又粗粝又使气的话并没有什么可笑、可乐的地方，而他却欢喜得大笑起来。

他笑了一会儿，喘口气又说道："至于学校呢？你不记得你曾主动去教那些乡下小孩吗？多半教得不坏，因为不久那些小孩全都跑了，后来只得答打他们或者用钱来雇他们到你那里去；你不记得你自己亲手用乳汁来喂养那些母亲在田地里工作的婴孩吗？你在村里走着，哭着说这些婴孩不给你凑趣，母亲们全把他们带到田里去了。然后村长便吩咐母亲们依次把自己的孩子留在家里，供你消遣。这真是奇怪的事情！大家全躲开你这些慈善的行为，仿佛老鼠避猫似的，这是什么缘故呢？很简单！并不是因为那些人十分野蛮、十分无礼，而是因为你所做的那些事情里——请你恕我直言——没有一点爱心和慈善心！只有一个用活木偶人来寻快乐的心思，没有别的什么。那不懂得区别人类和哈巴狗的人绝不应该办慈善事业。老实对你说，人类和哈巴狗之间有很大的区别！"

侯爵夫人心跳得厉害了，耳朵扑扑地响，她还觉着医生在用他的帽子打她的脑袋。医生话说得很快，很激烈，辞令却并不美妙，还犯着口吃和哆嗦的毛病。她所能明白的只是同她说话的是个粗鲁、没有教养、恶毒的人，但是那个人在说什么、对她有什么要求，她却一点也不明白。

她举起手来遮在头上，挡住医生的帽儿，一面哀声说道："快去吧！快去吧！"

医生却依旧说下去：

"而且你怎样对待自己的职员啊！你简直不当他们是人，对待他们如同对待骗子一般。譬如说，你为什么把我辞退呢？我在你父亲那里工作了十年之久，后来接着替你工作，我自信十分勤恳，就连节假日里也不偷懒，博得方圆百里许多人的敬爱，不料忽然有一天，有人对我说我不用再来了！这就是为什么到现在我还不明白！我是医院的医生，是士族，是莫斯科大学的学生，是一家之长，难道清贫的士族就能被人不讲原由捏着鼻子赶出去吗？为什么还要跟我客气呢？我后来听说我妻子曾瞒着我偷偷到你府里来求过你三次，但是你一次也没有见她，听说她竟在你家前厅里哭泣起来，这件事我是永远不会饶恕她的！永不！"

医生说到这里，停顿了一下，咬着牙齿，在那里拼命地想着怎样说几句不好听、报复的话。他仿佛忽地想起什么事来，皱起眉，冷冰冰的脸重新神清气爽起来。

他恶狠狠地说道："就拿你对这个修道院的态度来说！不管什么

人，你是从来不肯放过的，地方越神圣，被你的恩惠和天使般的温存折磨得就越厉害。你为什么到这里来呢？请问，你对于这些修士有什么需要？赫卡柏跟你有什么相干？你跟赫卡柏又有什么相干？还不过是拿他解闷罢了。修士的上帝你并不信仰，你心里自有你自己的上帝，这个上帝是你用自己的智力在招魂会上体会出来的。教堂的仪式你看不上眼，日祷夜祷也不去，一个人睡到中午才醒。为什么你到这里来呢？……你带着你自己的上帝走到别人修道院来，你认为修道院对于你的到来一定会感到极大荣幸！其实不然！你问一问，你到这里来一趟，修士们却忙得不知怎样才好！你今天晚上来到这里，前天就有人骑着马来，是你们管家派来的，说你预备到这里来了，昨天他们整天替你收拾卧房，不时地等着，今天你的先锋先到，就是那个可恶的丫头，首先跑到院子里来，问布置好了没有……唉，这个样子我简直受不了！今天那些修士整天站在那里，因为迎接你时一旦失礼，那就是祸事！你就会到主教那里去抱怨：'主教，那些修士一点也不爱我。不知道怎么会惹得他们生气。我实在是个大罪人，我真不幸啊！'这样一来，修道院因为你都要受苦了！掌院是个极忙，极有学问的人，他没有一刻闲工夫，你却偏要把他叫到你卧室里来。对老人也罢，对教职也罢，你简直没有一点敬意，并且这些时候僧士们也没有得着你一百卢布啊！"

当别人把侯爵夫人扰得不安，或者不谅解她、羞辱她，她不知道要怎么办的时候，她就哭泣起来。现在她果然又掩着脸儿嘤嘤啜泣起来了。医生忽然止住话看着她。他的脸色越发暗淡，越发严峻。

他洪声说道："夫人，饶恕我。我存着恶念，有些忘形了。这很不好。"

他咳嗽了一下，忘记戴上帽子，匆匆走开了。

天上明星灿烂，在修道院对面升起月亮来，因为天十分明朗、清新、柔和。许多蝙蝠沿着修道院墙边无声无息地飞着。

时钟慢慢打着八点三刻。夫人立起身来，向门口走去。她觉得十分受辱，又哭泣起来，好像那些树木、星星、蝙蝠都在那里怜惜她；时钟敲出的悦耳响声，也是为着对她表示同情。她哭着，又想着最好能一世遁迹在修道院里。在轻快的夏夜一人顺着甬道游玩，屡次负辱忍耻，不为人们理解，只有上帝一个人在天上看见这个可怜女人的眼泪。教堂里夜祷尚未完毕，夫人站在那里静听他们唱歌。这些歌声在黑暗寂静的空气中多响亮啊！在歌声底下哭泣并且伤心，多甜蜜啊！

她走进自己的卧室，对着镜里看自己哭泣的面容，稍微在头发边敷了点粉，便坐下来吃晚饭。修士们知道她爱吃糟鲟鱼、细蘑菇、马拉加葡萄酒和吃在嘴里有柏树香气的普通蜜糖饼。所以每次她来，都会给她预备好了端出来。夫人一边吃蘑菇、喝马拉加葡萄酒，一边胡思乱想起来，想她怎样最后破产，并且被人所弃；虽然她待总管、会计、女仆很好，他们却全都顶撞她，很是忘恩负义；想为何世上许多人都攻击她、谗谤她、讪笑她。她想辞去侯位，离开荣华和社会，遁入修道院内，对谁也不说一句责备的话，日夜为自己的仇敌祈祷，直到有一天人们忽然全谅解她了，立刻走到她面前求她恕罪，但是已经晚了……

饭后她跪倒在墙角边神像前，读两章《福音书》。后来女仆铺好床被，她便去睡了。她在白被套里打了个呵欠，深深地叹了一口气，仿佛哭后的叹息一般，然后便闭着眼睛睡熟了……

第二天早晨她醒来，一看时针，已经九点半。床旁的地毯上有一道从窗外射进来的明亮狭长的光带，整个房间渐渐明亮起来，窗上黑色的帘布外面有许多苍蝇在飞来飞去。

夫人想道："还早呢！"便又闭上了眼睛。

她在被子里懒懒地躺着，陡然想起昨天和医生相逢的事情和昨晚睡觉时突然生出的想法，便感到自己是个不幸的人。然后她想起她住在莫斯科的丈夫、总管、医生和亲邻朋友来……

一大批相识的男人全在她的想象里浮现出来。她便微微笑着、想着，如果这许多人能够钻进她的心灵里，深刻地理解她，这些人一定会拜伏在她的脚下……

十点一刻，她喊女仆进来，没精打采地说道："达沙，给我穿衣服吧。或者你先出去吩咐他们套车，我要到克拉芙季娅·尼古拉耶芙娜那儿去。"

她从卧室里出来上车，明亮的日光倏地射来，她不由得皱起眉来，却同时看见天气非常清朗，便又欢喜得笑起来。许多修士都聚集在台阶下面送她，她眯缝着眼睛朝他们看了一下，很和蔼地点了点头，说道："我的朋友们，再见吧！后天见！"

她看见医生也随着修士们一块儿站在台阶旁边，不由得惊奇起来，但见他的脸色苍白而严峻。

他摘下帽来，一边赔着笑脸，一边说道："夫人，我在这里等你许久了。请你饶恕我……昨天不好的报复的情感迷住了我的心窍，说了许多……无礼的话。现在我来求你宽恕。"

夫人露出极和蔼的态度向他笑了一下，把手伸过去，凑近他的嘴唇，他吻了一下，不由得脸红了。

夫人竭力模仿小鸟儿，向车上飞去，不住地向四处摇头，她心里又高兴，又明亮，又温暖。她自己也觉着她的笑容异常和蔼、异常温柔。车儿直奔大门出去，经过小房子和花园，在满是尘土的道上跑着，对面过来几辆载重的大货车和排着队向修道院方向走去的香客。夫人一路上总是眯着眼睛轻轻地笑，她觉得无论在何处把温柔、光明和快乐送给他人，饶恕忍辱的事情并且向仇人殷勤地微笑，是人世无上的快乐。对面走来的乡人都朝她鞠躬，车轮轻轻松松地转着，车轮底下拖着一道尘云，被微风带到金色的黑麦场上去，夫人觉着她的身体并不在车垫上簸荡着，却在云端里飞腾着，仿佛一朵轻盈透明的云……

她闭着眼睛，小声说道："我真幸福啊！我真幸福啊！"

伏洛卡

一个夏天的星期日下午五点钟的时候，十七岁的青年伏洛卡坐在舒米兴家别墅的亭子里发愁。他的相貌不大好看，带着病容，性情还极胆怯。他那不快乐的思想正分三个方向流着。

第一，明天礼拜一，代数课就要进行考试。他知道如果明天他不能够通过考试，学校便要开除他。因为他在六年级上已经留了两年，每年他的代数成绩只有二十三四分。

第二，他来舒米兴家做客——舒米兴是有钱人，以贵族自居——时常使他的自尊心感受到许多的痛苦。他觉得舒米兴夫人和她的侄女们看他和他的母亲就好像看待贫穷的亲戚一般。他看得出他们并不尊敬他母亲，甚至还讪笑她。有一次，他偶然听见舒米兴夫人在平台上对自己的表妹安娜·费多罗芙娜说他的母亲还在那里假装年轻，竭力表扬自己的美貌，还说她永不偿还赌输的钱，并且有一种穿别人皮鞋、抽别人烟卷的嗜好。伏洛卡每天求他母亲不要到舒米兴家里去，不要谈论她在这些贵族圈子里怎样受尽耻辱的事情。他劝她，顶撞她，可她是个轻浮的、贪图享受的人，已经花光了两份财产——自己的和丈夫的，素来热衷于上等社会的生活，因而不能理解这些话，伏洛卡也只好每星期两次送他母亲到那憎恶的别墅里去。

第三，这个青年简直一分钟也无法摆脱一种奇怪的、不愉快的、让他觉得十分新颖的情感……他觉得他爱恋上舒米兴家的女客，也就是舒米兴太太的表妹安娜·费多罗芙娜了。安娜·费多罗芙娜是个举止轻浮、嗓门响亮、爱好喧笑的妇人，年纪三十岁上下，身体强健结实，皮肤玫瑰色，两肩是圆的，肥胖的下巴也是圆的，薄薄的嘴唇上时常含着微笑。她并不美丽，也不年轻——伏洛卡很清楚这些，但不知道什么缘故，他竟没法不去想她，不去看她。尤其是当她踢球，耸起她那圆肩、摇动她平贴的背时；或当她大笑很久，或跑上楼梯后躺在椅上，闭着眼睛深深地呼吸，做出那种胸口发紧、透不过气来的样子时。她已经出嫁了，她的丈夫是一个建筑师，每星期都要到别墅去两次，舒舒服服逗留一会儿，然后回到城里面去。伏洛卡这种奇怪情感的发生，正源于他无故嫉妒这个建筑师，每次那个建筑师回到城里的时候，便是伏洛卡高兴的时候。

现在伏洛卡坐在亭子里，当他想起明天的考试和受人讪笑的母亲的时候，就生出一种和姐泰（舒米兴家里人这样称呼安娜·费多罗芙娜）相见的强烈愿望，他还喜欢听她的笑声和衣裳窸窣的声音……这种愿望并不像他在小说里读到的，并且每天晚上睡觉后所幻想的那种纯洁的、诗意的爱情。他觉得奇怪，无法理解，又觉得害臊、害怕，仿佛将要发生不好并且不纯洁的事情一般，连他自己都无法对自己承认似的……

他自语道："这不是爱情，不会有人爱上三十多岁已嫁的妇人……这不过是一时的迷恋……一时的迷恋……"

想到迷恋这种事情，他想起自己不能战胜的卑怯：胡须和小黄斑，以及那双小眼睛。他把自己和姐泰放在一块儿想象起来——这种搭配他觉得是不可能的。这时他就赶紧想象自己是一个美丽、勇敢、聪明、穿着极其时髦衣服的人……

他坐在亭子里黑暗的一隅发着愁，目光直视地上。就在幻想炽热的时候，他忽然听见轻轻的脚步声，好像有什么人在慢慢地走来，一会儿脚步声停了，亭子前有种白白的东西闪动了一下。

一个女人的声音问道："有谁在这里吗？"

伏洛卡一听到这个声音不由得抬起头来，露出惊惧的神情。

妞泰一面走进亭子一面问道："谁在这里？啊，是你啊，伏洛卡！你在这里做什么？你在胡思乱想吗？怎么能老是想、想、想、想……这是要想疯的呀！"

伏洛卡立起身来痴痴呆呆地看着妞泰。她刚从洗浴的处所回来，肩上挂着被单和毛巾，从头上丝织的白手绢可以看出，湿淋淋的头发都粘在额角上面。她身上散发出一种浴室里潮湿阴凉的气味和杏仁香皂的味道；因为走得太急了，有点喘不上气的样子；衣裳上的纽扣都解开着，所以这个青年竟能看见她的头颈和胸脯。

妞泰看了伏洛卡一眼，问道："你为什么不说话？女人同你谈话的时候，如果不说话，那是极不恭敬的。伏洛卡，你的神情怎么这样呆板！你老是坐着不说一句话，在那里想心事，仿佛是个哲学家。你的身体里简直没有生气，没有火啊！你有点不快活的样子……在你们这种年纪正应该生活，欢蹦乱跳，高谈阔论，还要追求妇女，谈谈恋爱。"

伏洛卡看着那只又白又胖的手抓着被单，思索着……

妞泰更加奇怪起来，说道："还是不说话！简直奇怪！……你听着，应该做一个男子汉！唔，你怎么不微微地笑一笑啊！喂，你这个奇怪的哲学家！"说着她笑了起来，"伏洛卡，你知道你为什么这样一副呆相吗？因为你不去亲近女人。为什么你不去亲近呢？也实在是因为在这里没有什么姑娘，但是也没有人拦阻你亲近太太们啊！譬如说，你为什么不亲近亲近我呢？"

伏洛卡一边听着一边搔着自己的头发，处在艰苦、难受的沉思里面。

妞泰把他的手从头发上移开，继续说道："只有极骄傲的人才不爱说话，并且喜欢寂寞。伏洛卡，你是个骄傲的人。为什么你斜眼看我？请你照直看着我的脸！唔，你的神态真是呆极了。"

伏洛卡决定说话了。他撇了撇下嘴唇，转动着眼睛，打算笑出来，却又把手放在头发上面。

他说道："我……我爱你！"

妞泰极惊疑地抬起眉毛，笑了一下。

"我听到一句什么话呀？"她唱歌似的说，仿佛歌剧里的女演员在听到一件惊人的事情时而唱起来一般，"什么？你说什么？请重复一遍……重复一遍……"

伏洛卡说道："我……我爱你。"

当时他已经失去了意识，什么也不明白，什么也没想，竟走上半步，凑近妞泰，拉住她的手臂。他的眼睛模糊起来，还流下眼泪，全世界变成一块香喷喷的大毛巾。

他听见一阵高兴的笑声："了不得，了不得！你怎么不说话呢？我正想你说这个话！唔？"

伏洛卡见妞泰没有阻止他拉她的手，便望着她那笑嘻嘻的脸，极粗鲁、极呆笨地用两只手搂住她的腰部，两只手腕也搭在她的背上。他用两条胳膊紧抱着她的腰，她却把自己的两手转到后面，弯曲着手肘，整理手绢包扎着的头发，平静地说道："伏洛卡，你应该做一个伶俐、和蔼、可爱的人，但是要做成这种人，得受到女性的影响。不过你怎么这样不中看啊……多凶啊，应该有说有笑才好……伏洛卡，你不要做冷僻的人，你还年轻，用到哲学思想的时候还早呢。唔，你放开我吧，我要走了。你放我走吧。"

她轻轻摆脱伏洛卡抱住她腰部的手，嘴里哼唱着，从亭子里走出去了。伏洛卡独自留在那里。他一面整理自己的头发，一面微笑着，在亭内来回走了三次，然后坐到椅子上，又微微一笑。他非常害羞，他还极惊奇人类的羞耻居然能够达到这样尖锐、强烈的程度。他因为羞耻笑了起来，还轻声说出些不连贯的话语，身体不由得哆嗦起来。

他觉得害羞的是，别人总是用对待小孩子的方法来和他周旋。他害羞自己的胆怯，尤其害羞他竟敢抱住那个体面的、已经出嫁的妇女的腰，按照年龄，按照自己的外貌和社会地位，他认为他是没有这种权利的。

他跳起身，走出亭子，头也不回，走到离房屋极远的花园深处去了。

他抱着脑袋想道："唉，最好赶紧离开这里！唉，赶快吧！"

伏洛卡和他母亲乘坐的那辆火车应该在八点四十分发车。这时候离发车时间还有一段时间，但是他很想立刻到火车站去，不等他的母亲。

八点钟的时候他走回正房。他脸上表现出一种果断的神情：想怎么做，就怎么做去！他决定勇敢地走进去，直视他们，大声说话，什么也不顾忌。

他走过平台、大厅、客室，在最后一间屋里站住了，准备敛一敛精神。那时候他听见隔壁的餐室里大家正在喝茶。舒米兴太太、母亲和妞泰正在一面说话一面笑着，伏洛卡侧着耳朵听了起来。

妞泰说道："我说的是实话！我都不敢相信自己的眼睛呢！当他对我说出爱情，并且抱我腰部的时候，我竟不认识他了！当他说他爱恋我的时候，他的脸上竟有一股蛮气。"

母亲哈哈大笑起来，接着叹了一口气，说道："真的吗？真的吗？他这种样子真叫我想起了他的父亲！"

伏洛卡赶紧往回跑，走到露天底下。

他连连摇着双手，很恐惧地向天空望着，心里异常难受，想道："怎么她们能够公然讲这件事情呢？说得那么满不在乎……母亲竟也笑起来了……母亲呀……我的上帝，你为什么赐给我这样的母亲呢？为什么呢？"

但是无论如何必须进屋一趟。他在小路上来回踱步了三次，感觉心定了一些，便走进屋去。

舒米兴太太严声问道："你为什么不按时过来喝茶？"

他并不抬起头来，喃喃地说道："是我错了，我现在要……要走了。妈妈，已经八点钟了！"

母亲懒懒地说道："我亲爱的，你自己去吧。我要留宿在丽丽那里。再见，我的爱儿。让我来为你祷告……"

她为她儿子祷告完毕，就转身用法国话对妞泰说道："他有点像莱蒙托夫……不是吗？"

伏洛卡随便告别了一下，也不看谁的脸，径自走出了餐室。过了十分钟，他已经走在去往车站的路上，心里暗暗欢喜起来。现在他已经不再恐惧，也不害羞，呼吸很轻，也很自由。

离车站还有半里路远，他坐在道旁的石头上，看见太阳已经有一大半藏在土山后面。车站里已经燃起灯来，一点暗淡的绿色小光正在闪亮地动着，但是火车还没有影子呢。伏洛卡坐在那里毫不动弹，静待夜色的慢慢到来，心里觉得异常愉快。亭子的昏暗、脚步声、浴室的气味、笑、腰——都极明显地钻进了他的想象里去，这些事情已经不像原先那样恐怖和重要了……

他想道："那是小事……当我抱她腰的时候，她并不挣脱我的手，竟笑了。可见她是非常喜欢这样的。如果她反对这种行为，她就会生气……"

伏洛卡开始懊悔在亭子里自己不够勇敢，后悔自己竟然那样愚傻地离开了那里。他相信，如果这个机会还能再来一遍，他会更加勇敢，并且更加坚定地看待事物了。

机会重复是不难的。舒米兴家的人晚餐后经常会散步很长时间。如果伏洛卡能在黑暗的花园里同妞泰一块儿散步，那么——机会就来了！

他想道："我可以回去，明天坐早车再走不迟……就说误了火车。"

他果真回去了。舒米兴太太、母亲、妞泰和一个侄女正坐在平台上赌牌。当伏洛卡谎称误了火车时，她们都不安起来，担心他明天耽误了考试，都劝他明天早一点起来。在她们赌牌的时候，伏洛卡一直坐在一旁眼巴巴地看着妞泰，等着。——他的脑子里已经预备好了一个计划：黑暗中走到妞泰身旁，拉着她的手，然后就拥抱她，也不必说什么话，因为无须说话，双方都能够了解彼此的心意。

但是那些女人并没到花园里去散步，一直在那里赌牌，到晚上一点钟才各自散去就寝。

伏洛卡躺在被子里面发愁，暗道："怎么这样傻呢？唔，还不要紧，等到明天再说……明天还可以在亭子里……不要紧。"

他并不想睡觉，便坐在床上，双手抱着膝盖思索着。对于考试他并不愿去想，他已经下了决心让学校把他开除，并且开除对他来说也不是什么可怕的事情。不但如此，还好得很。明天他可以像飞鸟一样自由了，还可以穿平常的衣服，随便抽着烟跑到这里，随时都可以追求妞泰。那时他已经不是中学生，而是"少年人"了。至于其他什么职业、前途，那是很明显的：伏洛卡可以去当志愿兵、电报员，还可以进药房，日后升到药剂师的地位……职业难道会少吗？过了一两点钟，他还是坐着、想着……

三点钟的时候天已经有点亮了，门儿轻轻地开了，母亲走进屋里来。

她打着呵欠问道："你不睡吗？睡吧，睡吧，我过来一下就走……我只要取一滴药水……"

"你要做什么用？"

"那个可怜的丽丽又抽筋了。睡吧，我的孩子，你明天还要考试呢。"

她从柜橱里取出一只玻璃瓶儿，走近窗旁，念了念瓶子上的用法说明，就出去了。

等了一会儿，伏洛卡听见女人的声音，说道："玛丽·列昂捷耶芙娜，这不是那药水！这是舞鹤草，丽丽要的是吗啡。你儿子睡了吗？可以请他找一找……"

那正是妞泰的声音，伏洛卡听着竟打了一阵寒战。他赶紧穿上裤子，把外套披在肩上，走到房门前。

这时妞泰正在轻声解释道："你明白吗，吗……吗啡啊！在瓶上大概是用拉丁文写的。你可以叫醒伏洛卡，请他找一找……"

母亲开门进来，伏洛卡看见妞泰了。她就穿着白天去洗浴时的那件衣服。她的头发没有梳好，披散在肩上，睡容满面，露出暗淡的脸色……

她说道："瞧，伏洛卡不是还没睡吗？伏洛卡，小宝贝，你到柜橱里找一瓶吗啡来！这个丽丽真能折磨人……她老是这样。"

母亲喃喃了几声，打了个呵欠就走开了。

妞泰又说道："你找一找吧。站在这儿干什么？"

伏洛卡便走到柜橱旁，跪在椅子上，在药盒和药瓶堆里寻找起来。他的手哆嗦着，胸腹内有一种感觉，仿佛体内有一股寒流乱窜。柜子里面飘出一阵药味，他不由得作呕起来，头发晕。

他想道："妈妈好像走了，这很好……很好……"

妞泰懒洋洋地说道："可以快一点吗？"

伏洛卡说道："马上就来……大概这个就是吗啡……"这时，他在一只瓶上读到"吗……"，便说"这就是！"

妞泰站在门口，一只脚在门外，一只脚在屋内。她整理着极难整理的头发——她的头发是那么浓密，那么长——并没有怎么在意伏洛卡。她穿着宽绰的寝衣，睡眼惺忪的模样，披散着蓬松的头发，一道暗淡的光线从外面射到屋里，映在她的脸上。伏洛卡看着，觉得她十分妩媚迷人……他神魂颠倒，全身哆嗦起来，极愉快地回忆起他在亭内拥抱着这个美丽的身体的情景，他把药瓶交给她，嘴里还说道："你怎样……"

"什么？"妞泰一面说，一面走进屋内。

她微笑着又问道："什么？"

他并不言语，一直看着她，然后就像在亭子里一样，拉住她的手……她却看着他，微笑着等待"下文"。

他小声说道："我爱你……"

她竟然不笑了，稍稍想了一下，说道："等一会儿，大概有人来了。唉，你们这些中学生啊！"她轻声说着，走到门旁，向围廊里看了一下，"不，一个人也没……"

她竟然回来了……

然后伏洛卡就觉得房屋啦、妞泰啦、暗淡的光线啦，还有他自己啦——都混合成一种强烈的、不同寻常的、从未有过的幸福的感觉。为着这种幸福，他情愿用全部生命去换取，也情愿永世受苦。可是过了半分钟，所有这些感觉忽然一下子都消失了，伏洛卡只看见一张又肥又丑的脸，露出嫌恶的神情，自己也忽然感到一种对于眼前发生的事情的厌恶。

妞泰很藐视地望着伏洛卡，说道："但是我该走了。真是难看又寒伧的丑小鸭啊！"

伏洛卡那时候觉得她的长发、宽寝衣、步声、语声，是何等的卑贱呀！……

她走后，他想道："丑小鸭，我真的很丑。一切都丑极了……"

此刻太阳已经升起，群鸟正大声地欢唱着，可以听见花园内园丁走路的声音……过了一会儿，又传来母牛的哞叫声，还夹杂着牧人的哨声。这些阳光和各种声音仿佛在预示着，这世界上还有纯洁的、华丽的、高尚的生活呢！但是这种生活在何处？那是母亲和他身边的人都说不上来的。

当仆人叫醒他去赶早班火车的时候，他假装睡得很沉……他心想："唔，管他呢，随他去吧！"

到十一点的时候，他才从床上起来，在镜前梳理了一会儿头发，看着自己那副丑陋的、一夜不睡变成死灰色的脸，不由得想道："真是说对了……丑小鸭。"

母亲看见他，不由得惊恐起来，问他为什么不去考试。他答道："妈妈，我睡过头了……但是你不必担心，我会弄张医师证明的。"

舒米兴太太和妞泰直到下午一点才睡醒。伏洛卡听见刚睡醒的舒米兴太太"吱呀"一声把窗打开了，说了几句粗俗话，接着妞泰大笑起来。他看见门开了，一大排侍女和食客（他的母亲在最后面走着）从客厅里走出去用早餐，看见妞泰那张洗干净的脸堆着笑在他面前闪过，在妞泰那张脸的旁边，还凑着刚从城里来的建筑师的黑眉毛和黑胡须。

妞泰穿着小俄罗斯式的服装，那种服装做得极其粗糙，她穿不太合适。建筑师竭力说些打趣的话，庸俗乏味得很。早餐时端出来的烧肉里，伏洛卡觉得放了许多葱。他又觉得妞泰故意大声地笑着，并且屡次向伏洛卡那边看，仿佛要他明白昨夜的事情并没有使她不安，她也不会注意桌子旁边还坐着一只丑小鸭。

四点钟的时候伏洛卡同他母亲到车站去。污秽的回忆、无梦的深夜、学校里即将到来的开除、良心的忏悔，现在都在他心里引起沉重阴郁的愤懑。他看着母亲憔悴的面容、瘦小的鼻子，以及妞泰赠送给她的衣服，喃喃说道："为什么你穿得这样时髦？在你这样的年纪这种装束是不相称的！你极力打扮得漂亮，赌输的钱不还，抽别人的烟……真让人厌恶！我不爱你……不爱！"

他把母亲羞辱了，母亲却露出恐惧的神情，转着一双小眼睛，摇着两只小手轻声说道："亲爱的，你怎么啦？哎哟，车夫要听见了！住嘴，车夫要听见了！他全都听见了！"

他继续说道："我不爱……我不爱！……（说时叹了一口气）你是个无道德、无心灵的人。不许你穿这件衣服！听见没有？否则，我要把它撕得粉碎……"

母亲哭道："我的孩子，你记着呀，车夫要听见了！"

"我父亲的财产在哪里？你的钱到哪里去了？你把它全花掉了！我并不害羞自己的贫穷，却害羞我有这样的母亲……当我的同学问起你的时候，我时常要脸红。"

火车还要走两站才到城里。伏洛卡站在车厢外铁栏杆那儿，全身哆嗦着。他不愿意走进车厢里去，因为里面坐着他所痛恨的母亲。他还痛恨自己、查票人、火车上的浓烟和令他哆嗦的寒冷……他心里越觉得难受，便越深深地感到在这个世界上有些人拥有纯洁、高尚、优美的生活，这种生活充满着爱情、温暖、欢乐、自由……他这样感觉着，更加地发愁，这时竟有一位乘客极谨慎地看着他的脸，问道：

"你牙齿痛吗？"

伏洛卡和他母亲到城里后，住在一个名叫玛丽·彼得罗芙娜的贵族妇人家里，玛丽·彼得罗芙娜租下了一所大房子，然后再分租给房客。母亲租了两间：一间有明亮的窗，她自己住，放着她的床铺，墙上挂着两幅镶着金框的画；伏洛卡住在另一间狭小的、黑暗的屋子里。那里面放着一张躺椅，他就在这张椅子上睡觉，除此以外并没有任何家具。整个房间都被放手绢的竹筐、帽笼和他母亲保留着派什么用处的各种零碎东西所占据。伏洛卡预习功课，都在母亲的房内或在公共屋里。所谓公共屋是一个大房间，众住客在那儿吃饭，晚上也都会聚在那里。

他回到屋里就躺在椅子上，用被子盖着，想把哆嗦压下去。帽笼、竹筐和零碎东西使他想起没有自己的房间、没有避难所可以使他躲开母亲、宾客和从公共屋里传来的声音。背囊和扔在屋隅的书籍使他想起他竟未曾到学校去参加考试……不知为什么，他忽然想起在曼东时的情景来，那时候他七岁，同父亲舒舒服服地住在那里。他又记起比亚利兹，想起两个曾同他在沙滩上赛跑游戏的英国姑娘……他竭力想回忆那时天空和海洋的颜色、浪水的高度和自己当时的情绪，竟没能成功。那两个英国姑娘还可以在想象里闪出，仿佛活的一般，其余的事情却都模糊了，渺然飘散了……

"不，这里冷得很呢。"伏洛卡想着，就站起身来，穿上外褂走到公共屋去。

在公共屋里，众人正喝着茶。火壶旁边坐着三个人：母亲、女音乐教师（带着玳瑁眼镜的老妇人）和奥古斯丁·米海洛维奇（身体肥胖的法国人，在香水工厂里工作）。

母亲说道："我今天还没有吃饭呢，应该叫仆人去买点面包来。"

法国人喊道："杜纳司！"

不料那个仆人被主妇派遣到别处去了。当时那个法国人微笑着，说道："啊，不要紧。现在我自己去买面包。啊，不要紧。"

　　他便把那根辛辣发臭的雪茄烟放在明显的地方，戴上帽子走出去了。他走后，母亲就给女音乐教师讲述她在舒米兴太太家里作客的情形，还说别人接待她极殷勤。

　　她说道："丽丽·舒米兴是我的亲戚……她那过世的丈夫舒米兴将军，是我丈夫的表兄……她出嫁前是柯尔勃伯爵的女儿。"

　　伏洛卡当时生气地说道："妈妈，这个不对！为什么你要说谎？"

　　他知道母亲说的是真话，她所说的关于舒米兴将军和柯尔勃伯爵的事情，没有一句虚假的话，但是他总觉得她在说谎。从她说话的姿势、脸色、眼神里，总之，一切都显得她在说谎。

　　伏洛卡又说道："你在说谎！"并伸出拳头用力击打着桌子，竟使所有家具都颤动起来，母亲旁边的那杯茶也洒掉了，他继续说道："为什么你要讲将军和伯爵？这些全是假话！"

　　女音乐教师失声喊了一声，掩着手绢咳嗽不止，装出那种回转身去的样子，母亲竟然哭了。

　　伏洛卡想道："该到哪里去呢？"

　　街上他已经去过了，同学家又有点不好意思去。于是他又没来由地又想起那两个英国姑娘来……他在公共屋内来回踱了两遍，便走进奥古斯丁·米海洛维奇的屋子里去。那里充满着芳香油和甘油香皂的气味。桌上、窗台上和椅子上摆满了各种瓶罐、杯、盆一类的东西，里面盛着不同颜色的液体。伏洛卡从桌上拿起一张报纸，翻了翻，看到报名：《费加罗报》……那报纸发出一股强烈且好闻的气味，随后他拿起桌上的手枪……

　　此时在隔壁屋内，女音乐教师正安慰母亲道："得啦，不要理他了！他还年轻呢！在他这样年纪的少年人，时常会做出些冲动的事情，只能想开一点。"

母亲懒声说道："不，叶甫根尼雅·安德烈耶芙娜，这个孩子被惯坏了！没有人管教他，我又软弱，没办法。啊，我真是不幸呀！"

伏洛卡把枪口放在嘴里，摸到像扳机或勾机一类的东西，就用手指去压……后来又摸到一个隆起的东西，再压了一下。他把枪口从嘴里取出，在外套襟上擦了一下，仔细看了看枪机，在这之前他还没有摸过真正的武器呢……

他心里忖度道："好像应该扳起来的……对，大概不错……"

奥古斯丁·米海洛维奇走进公共屋里，一面哈哈笑着，一面讲述着什么事情。

伏洛卡又把枪口放进嘴里，用牙齿咬紧着，又用手指压了一下。枪声响了……仿佛有一件东西猛地击在伏洛卡的后脑，他就倒在桌上，脸直对着杯子和瓶子。然后他看见他已故世的父亲，戴着礼帽，礼帽上缠着一条很宽的黑带子，大概是为了悼念某位妇女，父亲忽然用两手抓住他，他们两人就一起飞到一个极黑暗、极深远的深渊里去了。

然后万事都模糊，都消散了……

在故乡

德昂铁路上有一个寂静幽僻的车站，在
草原上看去只是孤零零的一团白色，站墙暴
露在阳光之中，没有一点阴凉的所在，而且
似乎连人迹也没有。一列火车开过，又有一
列开来，车声隆隆却仿佛无人听见，到最后
便渐渐消失在空气里了。车站外面是一片草
原，除了一个车夫和他的马匹外，就别无其
他了。一个人下了火车，坐进马车里，心情
十分愉快。车夫赶着马车顺着路径穿过草原
嘚嘚远去。但见路两旁广袤的野草，浩广无
际，纯净怡然，层出不穷。若是在莫斯科附
近，是绝对观赏不到这种景象的。草原、草
原，除此以外，仿佛别无它物。往远处望去，
能看到的也只有古冢一抔、风车一架了。牛
车载着煤摇曳着过去，几只孤零的鸟儿飞得
很低，掠着地面而过，鸟翼击地有声，令人
听着生倦。

天气很热，约莫走了一个钟头，仍是一
片草原，远处依然是坟陵孤伏。车夫挥鞭指
着远处，嘴里不知道讲些什么，不过是那些
又长又无味的故事罢了。那种寂寞的神情真
叫凄苦。一个人想着往事，着实觉得厌恶呢。

这辆三驾马车是遣来接薇拉回去的。车夫把她的行李搬到车上，然后就放辔上路了。

薇拉上车时看了一下车夫，说道："一切都跟从前一样。十年前我在这儿的时候，还是个孩子。我记得那时候是老鲍里斯来接我回去的。不知道他还活着吗？"

车夫没有作答，却像乌克兰人一般，满面怒容地瞧着她，然后爬上车厢去了。

从车站起程，须行二十五里路，薇拉心醉着草原的景象，也就忘记了以往的事情，只想着这儿多么辽阔，多么自由。她年方二十三，身体健康，神宇清爽，容貌美丽，还年轻——除了这辽阔和自由之外，她的生活可算是无所缺憾的。

草原，草原……马儿嘚嘚行去，太阳越升越高……在薇拉看来，她童年时，这草原在六月里从来没有这样丰茂、这样灿烂过。草地上开满鲜花，绿色的、黄色的、淡紫色的、白色的。这些花和晒热的土地发出一阵阵香气。道路边有一些绿色的奇鸟……

薇拉许久没有祈祷了，现在她却和睡魔力争起来，喃喃地祈祷："主啊，保佑我在这儿过得快乐。"

于是她感到灵魂得到了平静和愉悦，似乎乐意终生像这样乘着车眺望平原。

忽然路旁出现一条深涧，长满了赤杨树和幼槐树，空气中蕴含着一点湿气——想来涧底一定是有泉水了。但见悬崖的边沿上，有一群鹧鸪无声无息地飞起来。于是薇拉想起了以前黄昏时，她们常常散步到这个深涧旁，可见这里一定离家不远啦！现在呢，她果真能够看见村里的白杨树、谷仓、黑烟——他们正在那里燃烧干草呢。果然，达莎姑母出来迎她了，在那里晃着她的手帕哩，祖父也站在土台上啦，哎哟，薇拉是何等的快乐啊！

薇拉的姑母好像犯了精神病似的嚷道:"我的宝贝啊!我的宝贝啊!我们的真正主妇来啦!你必须明白你是我们的主妇,你是我们的王后!这儿的种种东西全是你的!我的宝贝啊,我不是你的姑母,而是你顺从的奴仆。"

薇拉除了姑母和祖父外,已没有其他的亲戚。她的母亲早已故世,父亲是一个工程师,三个月前在西伯利亚归来的途中不幸死在喀山。她的祖父留着一大把灰色的胡须,身材矮胖,面色发红。他有哮喘病,走起路来须撑拐杖、挺起肚子。她的姑母是一个四十二岁的妇人,腰身束得很紧,穿着漂亮,袖子高高地直卷到肩上,一望便知是悉力模仿少年人,而且很用心在姿态上,行走起来做出娇步轻移、细身斜倚的模样来。

她搂住薇拉说道:"你爱我们吗?你不骄傲吧?"

依从祖父的意思,薇拉祭过了神,他们在餐间消遣了很长一段时间后,薇拉的新生活就这样开始了。家人给她准备了一间最好的房间,家中所有的毡毯全都给铺上,而且还摆了许多花儿。夜间薇拉便在那又安适又宽大且非常柔软的床上躺下来,拿起一条久藏未用的丝被把自己盖上,她心中一乐,不觉笑了起来。

达莎姑母走进来给她道晚安。

姑母一面坐在床上,一面说道:"你总算到家了,感谢上帝。我们生活得非常好,要什么有什么,这你见到了。只有一件事:你祖父近来状况很糟!糟得很啊!他气喘,记性越来越差。你可记得以前他多么强壮、多么有力呀!现在他无论什么事都不能做了……从前,如果仆人惹了他不高兴,或者做错了什么事,他就要跳起身来喝道:'打二十下,拿棍子打!'可是如今他变得温和多了,你已听不见他嚷嚷啦。我的宝贝,时代变了,现在不好打他们哩。自然啦,他们是不应当挨打的,可是总要看着他们点呀。"

薇拉问道:"姑母啊!那么现在他们还挨打吗?"

"管家有时候打他们的,可我永不做这种事!你祖父有时发起老脾气来,就会举起他的手杖,可是他也打不了他们了。"达莎姑母欠伸一下,然后画了个十字。

薇拉问道:"这儿生活沉闷吗?"

"怎么说呢?现在这儿没有地主了,可是宝贝啊,邻近陆续建了一些工厂,有了许多工程师、医生、采矿技师。自然啦,我们有剧场和音乐会等娱乐,不过我们斗牌的时候会多些吧。他们也到我们这儿来,涅沙波夫医生常常来看望我们。好一个俊美、有趣的人啊!我下了决心,我认为他是你的最佳选择,他年纪轻,容貌又好,还很风趣——你们俩实在是一对佳偶呢。你呢,自然无论配何人都配得上的,你有好身世呢。我们的田产已经典出去了,这是真的,可是经营得很好,没有荒掉,其中我也有份儿,可是往后全都归你了。我是你顺从的奴仆。我的哥哥——你的父亲——留给你一万五千卢布……可是我看你睁不开眼睛了。我的孩儿,睡觉吧。"

第二天薇拉费了很长的时间,绕宅游转了一遍。但见花园颓废又乏味,很不协调地处在斜坡上,也没有甬路,简直是完完全全地荒芜了。大概是没有人经常光顾,那地方竟有了许多草蛇,松头鸟一边"乌——秃——秃——"地叫着,一边在树底下飞翔,仿佛它们在极力地提醒她什么事情一般。小山的山麓下有一条长满高高芦苇的河流,离河半里多远便是这村庄了。薇拉从花园中出来,走到田间。她纵目远眺,心中想着她在故乡的新生活,努力想弄明白那些等待着她的事情,那辽阔、美丽的草原告诉她,幸福已经近在眼前了。大家通常都会说:"人生能够拥有青春、健康,能够受到良好的教育,并且靠着自己的财产生活,是多么幸福的事啊!"

可是此刻,那无际的草原一片茫茫,渺无人迹,不由得使她心惊不已，登时她又看出这平静的绿野要吞没她的生活，要把她的生活化为乌有。她年轻，优雅，热爱生活。她已经在一个寄宿贵族学校读完她的学业，学会了三国语言，书读得不少，和她父亲一块儿旅行过……试问，所有这些到头来只是让她远远地安居在草原上的一所别墅里，整天从园中到田间，从田间到园中，逡巡徘徊地消磨她的时光，然后再坐在家里听她祖父的喘息吗？可是她能做什么呢？她能到什么地方去呢？她实在找不出答案来。回去的路上，她就怀疑她在这儿是否会快活，心想从车站回来的一段路比住在这儿有趣得多了。

涅沙波夫医生从工厂乘车来到这里。他是医生，但三年前他就到了这家工厂，现在他是这家工厂的股东之一。虽然他仍在干医疗工作，却已不当做他的本职了。从外貌来看，他是一个脸色苍白、身材匀称的金发男人，穿着一件白色的背心。可是他心里和脑子里的东西，就难以猜测了。他招呼着达莎姑母，亲了亲她的手。只见他不时站起身给人端椅子，或者把自己的座位让给别人。这时候的他非常严肃，也不说话，然而当他说话的时候，虽然说得很有条理，声音也不低，可是不知道怎么回事，别人总是听不懂他的第一句话。

他问薇拉道：“你会弹钢琴吗？”紧接着他便站起来，因为她的手帕掉在地上了。

他不言不语地从中午一直待到深夜十二点，薇拉觉得很没意思。她觉得，在乡间穿着一件白色的背心是很不合适的，他那过分讲究的礼节、苍白的脸儿，加上那黝黑的眉毛，别人一见就感到腻味。在她看来，他经常沉默的原因，大概是因为他笨拙的缘故，也未可知。他走后，她的姑母就很热忱地说道：

“怎么样？他很有趣吧？”

（二）

达莎姑母掌管这份家业。她腰身束得紧紧的，手腕上镯子叮当有声。她娇步扭捏地一会儿走进厨房，一会儿走到谷仓，一会儿走到牲口棚。无论什么时候，她对管家或者对农夫们说话的时候，都要戴上一副眼镜。薇拉的祖父常坐在一处地方，玩纸牌或打盹。早晚两餐他都吃得很多，他们给他吃当天煮的饭和隔天剩下来的菜，还有礼拜日剩下来的肉包子和从仆人饭餐里拿来的咸肉，他都能鲸吞虎食地一股脑儿吃完。每次吃饭，祖父总会给薇拉留下深刻的印象，以致薇拉后来看见一群羊赶过，或者面粉由磨坊里搬出来时，就会想道：爷爷会把这些都吃掉的。祖父大多时候不言不语，专心吃饭或玩牌。可是有时候偶然在吃饭时看见薇拉，他就会抚着她，柔声说道：

"我唯一的孙儿啊！薇拉啊！"

于是泪珠儿便在他的眼睛里闪耀起来。或者他的面色顿时变得通红，脖颈也鼓胀起来，生气地对仆人们击着他的手杖问道：

"你们为什么不拿辣根来？"

冬季，祖父是完全不活动地安处着，夏季时他还坐车出去到田间看看小麦和稻草，不过回到家，他便挥杖说他不管了，到处都荒芜了。

这时达莎姑母就会低声说道："你的祖父发脾气了。往日常嚷嚷'打二十五下！用棍子打！'现在就没事了。"

达莎姑母总是抱怨："大家都懒惰起来，没有人做事，这份田产没有生出一点儿收益来。"确实他们谈不上什么系统的耕种，不过是将这点田地用习惯的法子来耕耘，实际上没干什么事，只是在那里虚度光阴。所有的时间都浪费在来回乱跑、整天算计和烦扰上了。早晨五点钟就开始忙起来，但闻"拿去"、"取来"、"赶快"的声音不绝于耳，到了黄昏时，那些仆人就都疲乏极了。达莎姑母每个礼拜都要更换厨子和婢女，有时她因为他们道德败坏辞退他们；有时他们抱怨做得太累自己走人。村中简直没有一个人愿意来当差，所以达莎姑母必须到远处雇人。本村只有一个女孩还留在这里，她叫阿辽娜，全家老少都靠着她的工资过活。这个阿辽娜是个身材矮小、脸色苍白、手脚笨拙的小东西，整天收拾房间，伺候开饭，生火炉，做针线，擦家什……可是她似乎只知道瞎忙，走路时鞋子踩得咚咚响，反而妨碍别人做事。她生恐自己会被辞退送回家中，哪知她心中一害怕，便时常会摔落和打破瓷器等物品，达莎姑母便要扣她的工资，于是阿辽娜的母亲和祖母就会跑来跪倒在达莎姑母的脚前求情。

客人们每个礼拜总会来一次或多次，达莎姑母就到薇拉那里说道："你最好和客人们坐一会儿，不然他们就要认为你拘泥了。"薇拉便进去和客人一块儿玩好几个钟头的纸牌游戏，或者给跳舞的客人们弹钢琴。达莎姑母于是气喘吁吁地从跳舞行列里出来，兴高采烈地走上前来，低声儿对薇拉说道：

"对玛利亚要亲热一些。"

十二月六日是圣尼古拉节，那天大概有四十人同一时间到来，他们玩纸牌游戏直到深夜，许多人便留宿了。到了第二天早晨他们又坐下来玩，随后吃午饭，饭后薇拉想要避开谈话和吸烟，便走向自己屋内休息，不料那里也有许多客人，她于是大大地失望了。到晚上当客人们准备走的时候，她就大喜，心想到底他们是要走了，不觉地说道：

"再留一会儿罢！"

和客人们周旋，她觉得很累，他们一来，她就觉得被束缚住了。可是，每天一到薄暮时间，薇拉便感觉好像有什么东西把她拉出屋去，她走出屋来，不是到那工厂，就是到一般邻居家里去造访，于是纸牌呀，跳舞呀，酒令呀，晚餐呀，全都来了……工厂里或矿场里的少年们唱着"小俄罗斯"歌，唱得非常好听。不过听他们唱歌却能使人忧愁起来。黄昏时在矿场里，大家聚在一间房子里谈那些埋在草原里的宝藏和萨乌尔的坟墓……谈天的当儿，有时候会突然传来求"救"的呼声。这常是一个醉汉正在回家；或者有人失足陷入阱坑里去了；或者风呼呼地卷入烟囱，吹打着百叶窗……后来不久他们会听到礼拜堂里报警的钟声：这是暴风雪要来了。

在所有的晚会、野餐会和宴会上，达莎姑母永远是最有趣的妇人，而那医生便是最有趣的男子。在工厂和别墅里，很少有人朗诵，他们只管演奏进行曲和波兰舞曲，年轻人常常激烈地辩论他们所不了解的事情，不乏粗暴。讨论很是热闹，可是说也奇怪，薇拉在别的地方，都没有遇见过像他们那样冷漠无情的人。他们好像没有祖国，没有宗教，没有公德心似的，当他们谈及文学或讨论某种抽象的问题时，就可在涅沙波夫脸上看出那问题无论如何是和他没有关系的，并可看出他是许多年没有读书，而且是不愿意读书的。他永远穿着他那件白色的背心，又严肃又无生气，好像一幅画得很坏的肖像一般，他照旧不言不语，令人费解。可是太太小姐们认为他很有趣，很欣赏他的风度，她们很艳羡薇拉，因为薇拉竟能够十分吸引他。薇拉却常常是带着愁闷的情绪回来，心里兀自立誓说，以后伏居家中，再也不出去了。整个冬天几乎都是如此情形。

薇拉订了许多书籍和杂志，常常在自己的房间里阅读。晚上她躺在床上也在读。围廊上的钟打两点或三点的时候，她的头就胀痛起来，她便在床上坐起身来想道："该做什么好呢？到什么地方去好呢？"对于这个该死的、纠缠不休的问题，通常会有许多现成的解答，可是仔细想来，实际上又一个也没有。

哦，为民众服务，减轻他们的困苦，教育他们，这些事情是何等的可贵、何等的神圣、何等的美好呀！

可是薇拉不认识他们，她怎么能到他们那里去呢？他们对她会很生疏，很冷淡的。她不能够忍受那茅舍里的刺鼻气味、小酒馆里骂人的脏话、肮脏的小孩子，还有妇人们的闲扯。要她逾越雪堆，感受冷气，坐在一间狭小的茅舍里，教导她所不喜欢的孩子们——办不到，她宁愿去死！一方面去教导农家的孩子，一方面达莎姑母却靠着酒馆生财，罚扣农夫们的钱，这才是天大的一桩笑话啊！学校呀，乡村呀，图书馆呀，普及教育呀，谈起来倒是很热闹的。可是这些工程师、这些矿场主，以及她认识的太太们，如果都不是伪君子，而且相信教育是必要的，那么他们就不会像现在这样，一个月给学校教师们十五卢布，也不会让他们挨饿了。学校也罢，关于愚昧的讨论也罢，只是用来湮没良心发出的声音罢了，因为他们也觉得拥有十万五千和三十万亩的田地而漠然不顾及农夫们的命运是很羞耻的。太太们讲到涅沙波夫，总说他是一个仁人君子，因为他为工厂办了一所学校。对啦，他曾在工厂里用旧砖头建了一所学校，大约费了八百多个卢布。学校落成典礼上，人们便为他唱"长命百岁"的祈祷文，可是要他放弃股份时，他就未必肯。农夫们原是跟他一样的人，他们也需要接受大学教育，而不仅仅是受了这种破烂学校的教育便够了。这种想法，实实在在没有进入到他的脑子里去。

于是薇拉恼恨自己，也恼恨所有人。她拿起一本书来想读下去，不料没多久就坐起身又冥想起来了。去做一个医生吗？可是做医生必须通过拉丁文的考试，况且她对于尸骸和病人，的确有一种厌恶的情感。机械工程师、法官、船长、科学家，这些也是很好的工作，尽全力用上体力和脑力，累得筋疲力尽，然后晚上酣畅地睡上一觉，并终生奉献在事业上，使自己成为一个有价值的人，能够吸引有价值的人来恋爱，使她得到一个真正的家庭……可是该怎么做呢？怎么开始呢？

大斋节期间一个礼拜日清晨，她的姑母老早便走进她的屋中去取雨伞。那时薇拉正坐在床上，双手捧头在那里冥思。

她的姑母说道："宝贝啊，你应当到教堂里去，要不然别人就认为你不是一个信徒了。"

薇拉没有作答。

达莎姑母跪在薇拉床旁说道："我看你很烦闷，可怜的孩子啊。告诉我实话，你觉得郁闷吗？"

"郁闷得厉害呢。"

"我的美人儿，我的王后，我是顺从的奴仆，我不希望你别的，只愿你安好和幸福……告诉我，为什么你不愿嫁给涅沙波夫呢？宝贝啊，你必须原谅我心直口快，你不能像这样挑三拣四了，要知道我们又不是皇室……光阴逝去，你不是十七岁了……我真不明白啊！他爱你，并且崇拜你呢！"

薇拉气恼地说道："哎哟，怎么说呢？他像哑巴似的坐在那里，一句话也不说。"

"他是不好意思，宝贝啊……他担心你会反感他啊！"

姑母走开后，薇拉站在屋子中央，心里想着是穿衣服呢，还是回到床上去。那张床很讨厌。往窗外望去，也净是光秃秃的树木、灰色的残雪、讨厌的乌鸦、要被她祖父吃掉的猪……

她想道："真的，或许我还是出嫁的好！"

（三）

达莎姑母这两天来，带着一张泪痕斑斑并且脂粉厚厚的脸儿走来走去，吃饭时也不住地长吁短叹，望着神像呆看，谁也不明白她是怎么回事。后来，她下了决心，跑到薇拉的房间里，叙缘述因地说道：

"是这么回事，孩子，我们借银行的款子得付利息了，佃户却还没有交租金呢。你可以让我从你爸爸遗留给你的十五万里拨付吗？"

此后达莎姑母便整天在花园里做樱桃果酱。阿辽娜的双颊热得通红，不住地在花园里跑出跑进，时而跑到屋外，时而又跑回地窖那边。

达莎姑母严容厉色地在那里制造果酱时，仿佛是在举行一种宗教仪式，只见她短短的袖子下露着那双娇小的手臂。当仆人们一刻不歇地奔跑着，忙着做那永不得尝尝滋味的果酱时，达莎姑母的神情之间大有一种杀身成仁的气概……

花园里嗅得热腾腾的樱桃气味。太阳落山了，煤炉搬开了，可是这种又好闻又甜美的味儿仍旧留在空气里面。薇拉坐在花园里的一条板凳上，眼望着一个新来的工人，他是一个过路的年轻士兵，并不是村里的人。他正在按她的指示修一条新的路。他用铲子铲泥草，然后堆到一辆车上。

薇拉问他："你原来在什么地方当兵？"

"在别尔江斯克。"

"那么眼下你要到什么地方去呢？回家去？"

工人回答道："不是，我没有家。"

"可是你在什么地方出生的、在什么地方长大的呢？"

"在奥廖尔省里。我当兵前，跟着母亲住在我继父家里。我母亲是一家之主，别人都很看得起她，所以在她活着的时候，我是有人照顾的。可是我当兵的时候，接到一封信，说我母亲故世了……现在我似乎不好回家啦。他不是我的亲生父亲，所以那里不是我的家。"

"那么，你的亲生父亲已经死了吗？"

"我不知道，我是私生子。"

正在这个时候，达莎姑母忽然在窗前现出身来。

"不准同别人说话①，到厨房里去吧，小伙子，你不妨到那儿去讲你的历史好啦。"这是她对那兵士说的话。

后来如同昨天一般，又是晚餐呀，读书呀，睡不着觉的清夜呀，还有没完没了的老一套想法。三点钟，太阳已经出来，阿辽娜早就在廊间忙上了，那时薇拉还不困倦，正在那里读书呢。她听见小车的碾轧声：这是新来的工人在花园里做工了……薇拉拿着书坐在窗口，半眠不睡地望着那个士兵在修路，这情景使她高兴起来。这些小径修得很是平整，望去好像一条皮带。将来再铺上黄沙，必定会更加平坦整齐，现在想想也足以令人快活起来。

五点钟刚过，她就看见姑母走出屋来，身上穿着淡红的外衫，手里拿着一卷纸。她在台阶前不言不语地立了三分多钟，然后对那士兵说道：

"把你的身份证拿去，愿上帝保佑你，走吧。我家里不能有什么私生子。"

一种沉重的、愤怒的情感好像一块石头似的压在薇拉心头。她很恼怒她的姑母，心中对她充满了憎恶的情感。可是她能怎么办呢？去掩住她的嘴吗？用野蛮的手段对待她吗？可是这有什么用呢？假定她和她斗争、排斥她，使她不能为非作歹，假定使祖父不要挥舞他的杖杆——这又有什么用呢？这种事情，就像在浩瀚无际的草原里杀死一只老鼠或者一条蛇一般，不足为奇。渺茫的草原，冗长的寒冬，人生的单调和无聊，使人感到无依无助。这局面似乎毫无希望，弄得人什么事都不想做，因为做什么都是没用的。

---

① 此句为法文。

阿辽娜对薇拉深深鞠了一躬，就把几个圈椅搬到外面去拍打尘土。

薇拉发着牢骚说道："你另选一个时间来收拾，滚开！"

阿辽娜不免惊惧起来，她心中一害怕，不晓得怎么样才好。她就匆匆忙忙地整理起梳妆台来了。

薇拉喝道："我告诉你，滚出去！滚开！"她一边说着，一边浑身发冷起来，以前她从未感受过这样沉重的情感。

阿辽娜好像一只受惊的小鸟似的，一声哀叫，不觉失手将薇拉的金表掉落在地毡上。

薇拉突地跳起来，全身颤抖不已，尖声怪叫"滚开"，声音都变了。她一面跺着脚，怒气冲冲地把阿辽娜赶下游廊去，一面大发雷霆地说道："送她走，她把我烦死啦，滚开！用棍子打她！打她！"

后来她忽然清醒过来，就那样穿着睡衣和拖鞋，没有洗脸梳头，便奔出屋去。她一直跑到她所熟悉的那个溪涧处，把自己藏在野李树林中，这样一来，她就可以看不见别人，别人也看不见她了。她不声不响地躺在那草地上，并不哭泣，并不震惊，却张着眼睛，向天空中呆看，兀自冷冷静静、清清楚楚地在那里回想适才发生的事情，这种事情她是永远不能忘记的，并且因为这件事情，她一生不能饶恕自己。

她心中想道："不，我绝不能这样子过下去了。这是调整我自己的时机，要不然我就要没完没了了过这种日子啦……我绝不能这样子过下去。"

中午，涅沙波夫医生乘车去姑妈家，在涧旁路过。她一看见他，心中便决定要开始全新的生活，要逼着自己改变，这个决心让她安定下来。于是她一面目送那医生的匀称身材，一面仿佛又要极力软化那未成熟的决心似的说道：

"他是一个好人……无论如何，我们是要结为终身之好的。"

她回到家里，穿衣服时，达莎姑母走进屋来，说道：

"阿辽娜惹恼你了，宝贝啊，我已打发她回家去啦，她的母亲给了她一顿好打，并且哭着到这儿来了。"

薇拉没接姑母的话茬，急急地说道："姑母呀，我要嫁给涅沙波夫，你替我去对他说吧，我自己不能说的。"

于是她又跑到田间去了。她一面信步走着一面想着，自己出嫁后，就要管理家务、给人看病、在学校教书，凡是别的妇人所做的事情她都要做。那种怨天尤人的心情，那种连续、不成熟的错误——这种错误，当一个人追忆他的往事的时候，便会像一座高山似的耸立在他的面前——凡此种种，她都认为是自己生命里注定要过的真实生活，她也不希冀其他更好的了……自然啦，想要更好的也没有啦。美丽的大自然呀，梦境呀，音乐呀，说的是一回事，可是现实呢，却是另一回事。真理和幸福明明是存在于真实生活之外的……一个人应当舍弃自己的生活，而遁迹在这个像永恒一般无边无际、冷漠无情的草原里，花草呀，古冢呀，辽远的天边呀，于是就万事大吉了……

一个月后，薇拉便在那工厂里居住了。

邻居

彼得·米海洛维·伊瓦辛气极了：他的妹妹（一个年轻的姑娘）跑去和符拉西奇（一个已婚男子）一块儿住着去了。无论他在家里或在田间，绝望和沮丧都一直追随着他，他想要摈弃这种情感，想要唤出正义感和真诚高尚的信念来帮他的忙——他可是素来拥护自由恋爱的！——可是这也无济于事，他总是归结到同一个结论上，就如同他们那个又老又傻的奶妈一般，认为他的妹妹做错了，认为符拉西奇诱拐了他的妹妹。那自然是令人痛心极了。

他的母亲终日不离屋子。年老的奶妈仍旧唉声叹气，小声讲话。他的姑母天天准备着起程，不停地把她的箱箧搬到前厅，又搬回屋里，来回折腾。园中寂静得仿佛宅中死了什么人一般。在彼得看来，似乎他的姑母、仆人们，甚至一般农夫们，都带着捉摸不透的神情看着他，好像在说："你的妹妹被人引诱了，你为什么无动于衷呢？"于是，他虽然并不确切知道他应采取什么样的行动，却暗骂起自己不行动来了。

这样过了六天。到第七天——那是礼拜日的下午——一个骑马的信差送来一封信。

信上的姓名是熟悉的女性笔迹，上面写

着："安娜·尼古拉耶芙娜·伊瓦辛太太"，彼得觉得，这封信、这种笔迹，"太太"两个字都不免有轻蔑、挑衅的意思。妇人家更深层的内心是忤逆的，热情的，残忍的。

彼得带着那信到他母亲那里去的时候，他想道："妹妹齐娜宁死也不肯向她不幸的母亲让步，或者请求母亲的饶恕。"

彼得的母亲和衣躺在床上。她一见儿子，不觉坐起身来，一面整理着从她帽子底下落下来的灰色头发，一面急速问道：

"这是什么？这是什么？"

彼得把信给了她，说道："写信来了……"

齐娜的名字，甚至那代名词"她"字都没有人在这屋中提到，要说她时，总是不提名道姓："写信来了""走了"，等等。母亲认得女儿的笔迹，脸上变得难看和不乐起来，灰色的头发又从她的帽子里掉落下来了。

"不！"她说着，两手一震，仿佛那信烫了她的手指一般，"不，不，拿走！我说什么也不看！"

母亲又是伤心又是羞愧，竟如疯如狂地悲咽起来。她明明急欲看信，可是她的自尊心阻止她看。彼得明白他应当把信拆开来高声朗读，不料他被从来不曾有过的怒气所战胜，他跑到院中对着信差喝道：

"说没有回信！没有回信！就对他们说两个字'畜生'！"

他把那信撕毁，眼泪打湿了他的眼睛，他觉得自己残忍、卑贱、不幸，便走出来，到田间去了。

他只有二十七岁，可是已经发胖。他装束得好像一个穿着宽衫大袖的老头儿，并且患着哮喘病。他身上已经有那种年老的独身地主的特质。他不想恋爱，不想结婚，并且谁都不爱，只爱他的母亲、妹妹、老奶妈和园丁瓦西里奇。他喜欢美味的食物、午饭后的小憩和关于政治及高尚问题的谈话。他当初在大学里得过学位，可是现在来看他的学业，仿佛只是把十八岁到二十一岁间少年人应尽的责任尽完一般，无论如何，如今每天在他心里活动的思想已经和大学或者在大学里所研究的东西没有关系了。

田间又热又静，仿佛要下雨似的。林中热气蒸发，有一种沉重的香味从松树和腐叶中散发出来。彼得时行时停，抹擦他那湿润的前额。他望着自己的冬谷和春麦，缓步绕着金花菜的田地行走。有一只带着两只雏鸡的竹鸡迷途至此，他把它们赶开了两次。时时刻刻他都在想着那些不可忍受的事情。他知道这种情形不能永久拖下去，无论如何，他总得设法结束此事。就算是糊里糊涂、疯疯癫癫地结束此事，那也总得结束此事才行。

他恳切哀求地望着天空和树木，宛如乞求它们帮助一般，并且自问道："可是该怎么做呢？我能做什么事呢？"

可是天空和树木一言也不发。高尚的信念帮不了什么忙，他的常识说这种可笑的问题不可能解决。即使能解决，也不过是一个愚蠢的解决办法罢了。须知今天对待那信差的场面绝不会是最后一次。以后会发生什么事情，想想都觉得可怕！

他回家时，太阳已经落山。现在他认为这个问题是没法解决的了。对已成的事实，他既不能妥协，又不能否认，也断没有中间路可走。他脱下帽子，扇着手帕，顺着大路走去。再走一里半路就能到家，这时他忽然听见有铃声在他后面响起。这是许多极好的铃铛聚集在一起所发出的一种明朗的声音。除去警长梅多夫斯基外，再也无人在马背上装这种铃儿，梅多夫斯基从前做过骠骑队的军官，身体虚弱，荡尽家财，是彼得的一个远亲。他对于齐娜有一种温存慈爱的感情，很喜爱她。

他追上彼得来，说道："我正要来看你。进来吧，我带你一程。"

他笑容满面，非常高兴。一望便知，他还不晓得齐娜已和符拉西奇住一块去了。或者他已经听说，但是不信这事，也未可知。彼得倒觉得左右为难起来了。

他一面喃喃地说道："很高兴见到你！"一面涌出了泪珠儿。他不知道怎么说谎，或者说什么话。他强作笑容继续往下说道："我很高兴……可是齐娜走了，母亲病了。"

警长默然望着彼得说道："多么倒霉啊！我正打算同你们热闹一夜呢。齐娜到什么地方去了？"

"到西尼兹奇家去了，我猜她打算从那儿去修道院哩。我不是太清楚。"

警长谈了一小会儿，也就折回去了。彼得向家走去，他心惊地暗想：警长若知道了妹妹的事，他会如何想呢？他想象着警长的感想，走进屋去。

他心中想："主会帮助我们，主会帮助我们的！"

晚茶时，饭厅里只有他姑母一人。她的脸上照常带着一种神情，这种神情似乎在说：她虽是一个软弱的妇人，却是不许旁人凌辱的。彼得在桌子的另一端坐下（他不喜欢他的姑母），不言不语地喝起茶来了。

姑母说道："你母亲今天没有吃午饭。彼得呀，你对于这事，应当做点什么才好。饿着自己是于事无补的。"

他姑母居然出头管别人的事情，而且齐娜一走，她也要动身离开，彼得觉得很荒谬。他想对她说些无礼的话，但还是忍住了。他一面按捺自己，一面觉得有一股强烈的冲动，觉得自己再也无法忍耐，他需要立刻动作，立刻摔在地上痛苦地号叫，并且在地板上撞他的脑袋……他幻想着符拉西奇和齐娜，他们俩都是性急且自私自利的人，此刻正在不知是什么地方的枫树底下接吻，于是这七日间在他肚子里积着的所有怒气和怨毒，一股脑儿全都转移到符拉西奇身上了。

他想道："有个人已经把我的妹妹引诱了，拐跑了；第二个人就要谋杀我的母亲；还会有第三个人来放火焚屋，劫掠这地方啦……而所有这些却都是在友谊、高尚的思想、不惜受苦的假面具下干的啊！"

彼得突然嚷道："不，这一定不行！"一拳头擂在桌子上。

他跳起来跑出饭厅。他来到马厩，有匹马在那里，已经上好了鞍子，他便骑上马向符拉西奇家驰去。

他的灵魂里掀起一阵大风暴。他极想做一些非同寻常、惊人的事情，甚至不管日后是否懊悔。要不要骂符拉西奇是浑蛋，打他一个嘴巴，然后跟他决斗呢？但符拉西奇不是一个能够决斗的人，即使骂他是浑蛋、打他嘴巴，也不过使他更觉得沮丧、更畏畏缩缩、更怯懦罢了。这种怯懦的人是世界上最讨厌、最难缠的东西。他们无论做什么事，都不会受到任何惩罚。这种可怜虫在挨受那应得的辱骂时，总是抬起深深的负疚的眼睛，面上带着一副惨淡的笑容，服服帖帖地垂着他的脑袋，这种时候就连正义本身也不忍心惩罚他了。

彼得决定道："那也不管了，我就在她眼前鞭打他，狠狠地骂他。"

他驰过树林和旷野，兀自想象着齐娜要讲妇女的权利和个人的自由、法定的仪式结婚和自由的结合，两者之间并无差异，以此为自己的行为辩解。她会像一般妇人那样辩论她所不理解的事情。末了她可能还会问："你怎么进来的呢？你有什么权利干涉我？"

彼得也只能喃喃地说道："没有，我没有权利。可是这样更好……我越是粗暴、越是没有权利干涉，越好。"

天气很炎热，大群的蚊虫靠近地面低飞着，离群的鸟儿在荒地哀哀地叫唤。各种景象都预示着雷雨即将到来，但天空中看不到一片云彩。彼得越过自己的田产，驰入一处光润而平坦的田间，他常走这条路，每丛灌木、每块洼地他都熟悉。现在，在暮色中，远远看去好像一道黑暗峭壁的东西，其实是一座红色的礼拜堂。他能够详详细细地把这座礼拜堂描述出来，甚至连大门上的灰泥、老是到围墙里面去吃草的小牛他都能够说出。礼拜堂的右边，约摸一英里远近，有一处矮林，好像一团黑点一般——这是哥顿诺维奇伯爵的。矮林后面，就是符拉西奇的田产了。

一大片乌云从礼拜堂和伯爵的矮林后面升起，白色的电光亦闪烁起来了。

彼得想道："这是……这是……主在帮助我啊，主在帮助我啊！"

那匹马在疾驰之后，不久就乏了，彼得也累了。乌云仿佛很生气地看着他，宛如要劝他回家一般。他觉得有点儿害怕了。

他极力壮着自己的胆，想道："我要向他们证明是他们错了。他们可能会说这是自由恋爱，个人自由；可是自由的意义是自治，而不是听任情欲摆布。这不是自由，是淫荡啊！"

他走到伯爵家的水池边，池中的水显着深绿的颜色，在云彩下显得阴森森的，并且有种潮湿和泥泞的气味发出。近水闸处有两棵垂柳，一老一小，温柔和蔼地相对垂着。仅仅在两个礼拜以前，彼得还和符拉西奇在这儿附近散过步，嘴里还低声哼着一段大学生的歌：

"青春过兮生命尽，心头冷兮爱情绝。"

好一段悲怆的歌啊！

彼得行经矮林的时候，雷声便轰鸣起来，树木在风中弯下腰来，飒飒作响。他必须加快速度了。从矮林到符拉西奇那里不到一里地。路两旁有许多桦树，这些树木好像他们的主人符拉西奇似的，也有同样的忧郁不乐的神情，看上去又高又瘦。大滴的雨水沥沥地落在桦树和草地上，风忽然住了，空气中弥漫着一股湿地和白杨的气味。在前面，他看到了符拉西奇的篱笆，旁边种植着一排黄色的息声花，这种花儿高且瘦。透过篱笆的破处，他能看见那失修的果园。

彼得现在已不想鞭挞或打嘴巴了，他简直不知道他将要在符拉西奇家里做什么，他气馁了。他为自己，也为他妹妹害怕。他一想到要见妹妹，便自惶悚起来。她将怎样对待她的哥哥呢？他们两人要谈些什么话呢？事已至此，他难道还要退回去吗？他一面沉思着，一面驰过并排种植着菩提树的道路，向房子行去。他绕过那很大的丁香花丛，忽然看见了符拉西奇。

符拉西奇没戴帽子，穿着棉布短衫，脚上蹬着很长的靴子，身体向前弯着，正从屋角走向前门。他后面跟着一个拿着一把锤子和一只钉匣的工人。他们正准备去那边修补一扇被风刮坏的窗板呢。

符拉西奇一见彼得就停住脚步，笑着说道："原来是你啊！这真好。"

彼得双手擦着雨水说道："是的，我来了。"

符拉西奇说道："好，很好！我非常高兴。"可是他没有伸出手来，一望而知，他是不敢先伸出手来，只等着彼得伸手。

他望着天空说道："这阵雨对燕麦好。"

"是的。"

他们默默地走进屋。前厅右边是一扇通到另一间房的门，再过去便是起居室了，左边是一间小屋，这间屋子在冬天是给总管用的。彼得和符拉西奇便进了这间小屋。

"你走到哪里才遇到雨？"

"不远，就在这所房子附近。"

彼得在床上坐下，他很喜欢下雨的声音和屋中的黑暗。这倒不错，至少减少了一些恐惧，并且可以不用看对方的脸儿。现在他心中已没有怒气，只有恐惧和懊恼了。他觉得一开始就不好，大概此行是不会有什么结果的。

两人都静默了一会儿，假装听着雨声。

符拉西奇率先说道："彼得，谢谢你。我十分感谢你的到来。足见你的宽宏大量和品德高尚，我很明白这点，请你相信我，我对这点看得很重。请你相信我。"

他站在屋子中间，向窗外望着，继续说道：

"事情发生得有点秘密，好像我们要瞒着你似的。我们生怕你伤心生气，这几天，这种心情让我们的幸福显得不圆满。可是请允许我替自己辩白一下吧，我们之所以对这件事守口如瓶，并不是因为我们信不过你，而是这件事是无意中忽然发生的，根本没有考虑的时间，况且这是一件私事，拉一个第三者进来不方便，哪怕像你这样亲密的人也不大妥当。别的都不论，在这件事里，我们全指望着你的宽宏大量，你是一个非常高尚而且宽宏大量的人。我无限地感激你。倘若你想要我的命就请来取吧。"

符拉西奇用一种平静而低沉的嗓音讲话，而且一直用同样的冗长的声调。可想而知，他是很惊慌的。彼得觉得轮到他说话的时候了，如果他只管听着而不言语，那可真就像一个宽宏大量、品德高尚的傻子了，再说他的来意还没有阐明哩。他疾然站起来，喘着气低声说道：

"听着，格利高列，你知道我很喜欢你，并且愿意你做我妹妹的丈夫，但是现在发生的这件事实在是可怕得很啊！连想一下都让人害怕呀！"

符拉西奇颤声问道："因为什么害怕呢？假使我做错了，这才可怕咧，可是这件事并没有做错啊！"

"听着，格利高列，你知道我是没有偏见的。不过我认为你们两人所做的这件事情是自私自利的。自然啦，我绝不会对我妹妹如此说的——因为这将伤她的心，可是你得知道，我母亲已难过到无法形容的地步。"

符拉西奇叹道:"这事是叫人难受。彼得呀,我们也预料到这点,但是我们能够做什么呢?因为一个人的行为损害他人,这不足以证明他的行为就是错的。怎么办呢?其实每个人所做的每一个重大的事情都会牵连别人受苦。比如,假使你去为自由战斗,这也会让你母亲悲痛的。怎么办呢?无论什么人把他家庭的和平看得高于一切,他就得彻底放弃理想的生活。"

一道急促的闪电在窗前一闪,这道电光仿佛改变了符拉西奇的思路,他在彼得旁边坐下,开始说起完全不切题的话来了。

他说道:"彼得,我非常敬重你的妹妹。每次当我去看你的时候,我就觉得自己仿佛去朝圣一般,我实实在在崇拜齐娜啊!现在我崇敬她的心,简直是与日俱进。在我心里,她是一位比妻子更高大的人物——对了,高得多啊!"符拉西奇摆了摆手,"她就是我的神。自从她和我住在一起以来,我走进我的屋子,仿佛走进一所神殿一般。她是一个不同寻常的、天下少有的、最高尚的妇人啊!"

彼得想道:"好,现在他岔开了!"他很不喜欢"妇人"这两个字。

他问道:"你们为什么不正正当当地结婚呢?你妻子要多少钱才肯离婚?"

"七万五千。"

"数目不小。可是假如我们跟她讨价还价呢?"

符拉西奇叹道:"少一文她都不肯。老兄,她是一个可怕的妇人。从前我从没有对你谈过她的事情——想到她我就不快活。可是现在问题已经出来了,我就把她的事情告诉你吧。我娶她是由于一时的冲动——一个可贵的冲动。假使你愿意听详细的情节,那我就从头说起:我们团里的一个营长和一个十八岁的姑娘出了件事,说简单点,就是他诱奸了她，和她住了两个月，又把她抛弃了。老兄，于是她就处在一个可怕的境地了。她没有脸面回家见父母，况且他们也决不会收留她的。她的情人抛弃了她，她除了到兵营里去卖肉，没有什么法子啦。团里别的军官们都很愤怒，他们自己也不是圣人，可是这种卑鄙的行为太让人心惊了。再者，团里原本没有一个人受得了这个人，都很恨他，你明白啦，一帮打抱不平的中尉们和少尉们就替这个不幸的女郎募捐。当我们这些下级军官聚集起来，每人捐助五个或六个卢布的时候，我突然头脑一热。我觉得这是一个很好的机会。我赶紧到那姑娘那儿，热诚地表示我的同情。我到她那儿去的时候，以及我跟她谈话的时候，我总把她当做一个被欺侮的、被损害的妇女一般地爱护她。是的……好了，一个礼拜后我为她作了一个贡献——与她结婚，长官和我的同僚们认为我们的结婚有失军官的体面。这却使我恼怒异常。我写了一封长信，你知道吗？我在这封信里证明我的行为应当用金字铭刻在本团的年表上，等等。我把这信送到我的团长那儿，并且抄了许多份，分送给我的同僚。嗯，我心情激动，当然啦，难免写了些尖刻的话。他们就要求我退役。这封信的草稿不知被放到哪里去了，将来找到可以给你看看。这封信是带着极重的感情写的，你可以看出我那时所经历的骄傲的、高贵的情感。我辞去了我的职务，带着我的妻子来到这儿。我父亲死后负了一些债务，我自己也没有钱，并且从第一天起，我的妻子就开始结交朋友，浓妆艳抹，打牌赌钱，无所不为起来了。于是我没法子，只好把田产抵押出去。她不能好好地过日子，你明白啦，邻居中只有你不是她的情人。两年后，我把我所有的东西全都给了她，换来我的自由，于是她就搬到镇里去了。对啦……现在我每年付她一千二百个卢布。她真是一个可怕的女人啊！有一只苍蝇在蜘蛛的背上下了一粒卵，蜘蛛怎么都不能把它抖掉，苍蝇幼虫紧贴在蜘蛛身上吸它腹内的血。这个女人就是这样牢牢地黏在我身上饮我心头的血。她因为我太笨，所以恨我，并且轻视我，这也就是我之所以会娶像她这样的女人的原因。我的侠义心肠，在她看来简直是毫无价值。她说：'一个聪明人把我丢掉，一个大傻子将我捡起。'在她看来，除非是一个可怜的呆子，别人是绝不会像我一样做这种事情的。老兄，我悲痛得不得了。总而言之，简单地说，命运待我太苛刻了，苛刻极了。"

彼得倾耳听着符拉西奇说话，心乱如麻，他很惊异，这个人哪一点使他妹妹如此醉心？他年纪不小了——已经四十一岁——又瘦又高，窄颊长鼻，头发又是灰色的。他用一种低沉的声音说话，面上带着一副病态的笑容，并且说话时兀自蠢蠢笨笨地摇晃着他的手。他的身体并不强健，他的神态也不英武，不练达，而且他的外表总会显现出一些没精打采、含含糊糊的神情。他的装束不雅致，居住的环境也单调乏味，也不注重诗歌和绘画，因为"这些玩意儿对于度日问题没有答案可给"，抑或是他不懂这些玩意儿。音乐更是打动不了他。务农方面的能力也很差。

他的田产已在一种很坏的状况之中，已经抵押给别人了。后来又被第二次抵押，要付万分之十一的利息，可是原来的债务还欠着一万个卢布。到了交付利息和送钱给他妻子的日期，他就要到处求人借钱，仿佛他的房屋遭了火烧一般；同时他冒冒失失地把过冬用的干柴变卖了五个卢布，一堆稻草换来三个卢布，后来他便把花园的篱笆或陈旧的黄瓜架子砍下来生火炉。他的草地被猪仔踩坏，矮林里的幼林地段任凭农夫们的牲口践踏，那些老树每过一冬就少些。花园里到处是蜂窝，厨院里乱放着腐臭的水桶。他既没有天才，又没有技能，甚至连普通人的生活能力也没有。实际生活中，他是一个软弱而且笨拙的人，很容易被骗和受欺侮，农夫们叫他"傻子"是有充分理由的。

他是一个自由思想者，县里视他为赤色分子，可是就连这一点在他身上也表现得乏味得很。他的自由思想，既没有创造力，又没有原动力。他的喜、怒、憎，永远是一个样子，永远是没精神和无结果的。即使在慷慨激昂时，他也不抬起头来，或者挺直身板。不过最乏味的事情，却是他最纯正优美的思想，经他一讲，也显得陈腐而不合时宜。每当他慢腾腾地带着一种玄妙的神情，高谈他那可贵的、高尚的时刻，他最好的年头；或者称赞一般后生（这般后生不似以前那些，而是现在还在社会中进取的），又或他谩骂俄国人，因为他们穿了价值三十卢布的衣服，忘记了他们母校的主义，他的话总会让你想起读过的旧书。如果你在夜间和他一块儿住宿，他就会把皮萨列夫或者达尔文的书放在你卧房的桌上；如果你说你已经读过这些书，那么他就会去把杜勃罗留波夫的书拿来。

在县里，这就叫自由思想，许多人把这种思想看做是一种清白而无害的怪癖，然而这却使他深深地不快活。这就是他刚刚提到的虫子：这东西已牢牢地黏在他身上，正在吸他生命的血。过去呢，先是那陀思妥耶夫斯基式的奇异的结婚；接着是长篇的信札和副本——笔迹虽然很糟、很不清楚，里面却含着很大的意气、无穷无尽的误解、说明、失望……接着便是债务、第二次抵押、给妻子的津贴、每月的借贷……凡此种种，无论对人对己，都没有好处可言。而现在，也像往常一样，他仍在神经错乱之中，妄想着英雄事业，过问别人的事。一有机会，他仍像从前一般地干起来了：长篇的书信呀，又讨厌又固执的谈判呀，手艺复兴呀，建设乳饼工厂呀，一起都来啦……他的话千篇一律，仿佛不是从他的活脑筋里想出来的，而是用一种机械的方法制造出来的。到最后，就有了和齐娜的这种丑事，谁也不知道这丑事如何结束！

那时候齐娜年纪很轻——她只有二十一岁——又美丽，又优雅，还风趣；她喜欢笑、谈天、争论，热爱音乐；在装束、器具、书籍等方面，她都在行。在她自己家里，她绝不会把一间屋子布置得像这间屋子似的——弥漫着鞋臭和廉价烧酒的味儿；她也是自由思想者，可是人们却能从她的自由思想中感觉到充沛的力量，感觉到一个年轻、强壮、胆大的姑娘的自尊心，感觉到她热切巴望比别人更好、更有独创精神……她怎么会和符拉西奇恋爱起来呢？

彼得想道："他是一个堂吉诃德，一个顽固的狂人，一个疯癫的人。妹妹的性格却是像我一样的柔顺，忍让，而且软弱……她和我都容易不抵抗就服从了。她爱他，我呢，不也很喜欢他吗？"

彼得认为符拉西奇是一个优秀、正直的人，却也狭隘而又偏执。说实在的，他在符拉西奇的激动和痛苦里，根本看不到最近期的或者遥远的崇高目标，只看见烦闷而无聊的生活。符拉西奇所谓的牺牲自己、英雄行为或者高尚的冲动，在彼得看来不过是消耗精力于无用之地，犹如没必要的放空枪，只是枉费子弹罢了。符拉西奇自认为自己非常高尚，毫无瑕疵，这种自恋在彼得无异于拙直，甚至病态。符拉西奇终身奋斗，要把无聊的事情和高尚的事情混在一块儿，例如他结了一桩愚蠢的亲事，却自视为一种英雄行为，之后又和别的女人同居，他偏又当做什么思想的胜利，这真是令人不解。

然而彼得很喜欢他，他觉得他身上有一种魅力，也不晓得是什么缘故，他永远不会有反对他的心思。

符拉西奇紧挨着彼得身旁坐下，在黑暗中谈话，谈话声与雨声相和，他清了清嗓子，仿佛又有什么长的故事（例如他的结婚史）将要开场一般。可是彼得却不耐烦再听他说话了。他想见他的妹妹，但一想到此，他便感到苦恼。

他柔声说道："是的，你的运气不好。可是请你原谅，我们已经偏离正题了。我们谈论的不是正事。"

符拉西奇说道："对了，对了，真是这样。好吧，让我们回到主题去吧。"说着他便立起身来，"彼得，我告诉你吧，我们的内心是很清白的。我们没有举行婚礼，可是在我这方面，也没有必要向你证明我们的婚姻是完全合法的。你的思想和我的一样自由，幸好在这一点上，我们没有什么分歧。至于我们的将来，那倒不应该欺骗你。我愿意刻苦地做工，黑夜白昼地做工——我愿竭尽心力，来换取齐娜的幸福。她就要过上一种美好的生活啦！你要问，我是否能够达成愿望，老兄啊，我能的。一个人若将每分钟都专心致志在一个信念上的时候，他就不难达成他的愿望了。那么我们就一起到齐娜那里去吧，她看见你必定很高兴。"

彼得的心开始急剧地跳动起来。他站起身，跟着符拉西奇走进前厅，再从那儿进入起居室内。幽暗的大屋中，除去一架钢琴、一长排永无人坐的、饰着黄铜的旧椅子外，别无它物了。钢琴上点着一支蜡烛。他们一声不吭地从起居室走进餐室。这间屋子也很大，却显简陋。屋的中央有一只六脚双叶的圆桌，点着一支蜡烛。一架时钟装在一个桃花心木的匣子里，仿佛神龛一般，停在两点半钟上。

符拉西奇开门走进第二间屋子，说道："齐娜，彼得到这儿来看我们啦！"

顿时响起了一阵急促的脚步声，齐娜走进了起居室。她身材很高，长得丰满，脸色很苍白，跟彼得最后一次在家里看见她时一样。她仍旧系着一条黑裙，穿着一件衬衫，带子上有一粒很大的纽扣。她伸出一只手抱住哥哥，在他额上亲吻了一下。

她说："好大的暴风雨啊！格利高列，你刚才去哪儿了，怎么把我一人丢在屋里？"

她并不懊恼，瞧着她哥哥，一如在家里似的坦荡自然。彼得只是静静地看着她，也不感到慌张了。

符拉西奇一面在桌子旁边坐下，一面说道："可是你不怕风雨啊。"

齐娜说道："不，这些屋子太大了，太旧了，雷声一响，所有的房子就连着发出嘎嘎的声音，好像贮满瓷器的柜子一样。"

她继续往下说道："这却是一宅有趣的房子。"她在她哥哥的对面坐下来，"每间屋子都有一段生动的历史。格利高列的祖父就是在我那个房间里开枪自杀的。"

符拉西奇插话道："秋天我们就有钱了，我要修好花园里那间小屋。"

齐娜接着说道："不知什么缘故，雷响的时候，我就想起那位祖父。这间餐室里好像也打死过什么人哩。"

符拉西奇说道："那倒是确有其事。"于是他张大着眼睛，注视着彼得，"四十年前这个地方租给一个名叫奥利维尔的法国人居住。现在他女儿的照片还在阁楼里放着——她是一位极美丽的女郎。这位奥利维尔——我父亲对我说的——他很看不起俄国人，因为在他眼中俄国人都是愚昧的。他还很残忍地侮辱俄国人，例如，牧师经过他的房子时，他一定要牧师半里路远时就得脱掉帽子；他的家属乘车穿过村子时，教堂就得鸣钟。对待奴仆们和低微的人们，他自然就更加无礼了。有一次，来了一个纯朴的俄国流浪子，他有点像果戈理笔下的神学院学生霍玛·布鲁特。他要找一个地方过夜，管事们很喜欢他，就让他在账房里打短工。这段故事有两种不同的说法：有人说这个神学院学生煽动农夫们，又有人说奥利维尔的女儿和他谈起了恋爱。我不知道哪一种说法是真的，只知道在一个天气晴朗的夜晚，奥利维尔把他叫到这儿来盘问，随后命人打了他一顿。你知道啦，奥利维尔就坐在这张桌子旁，一边喝着红葡萄酒，一边让人打了那人一顿。他一定是想逼他供出什么事情来。到了早晨，这个神学院学生就被酷刑折磨死了，他的尸身也被藏了起来。有人说是给扔到柯尔托维奇的池子里面了。虽然官厅检查过一回，可是那法国人送了几千卢布给官厅里的某人，然后就跑到阿尔萨斯去了。恰巧那时候他的租期已满，所以这件事情也就不了了之了。"

齐娜战栗着说道："这种恶棍啊！"

"我父亲对奥利维尔和他的女儿记得很清楚。他常常说他女儿特别漂亮，也很偏拗，我觉得那神学院学生两件事都做了——煽动农夫们和获得他女儿的心。或者他不是一个神学院学生，而是一个隐姓埋名四处游历的人也未可知。"

齐娜深思起来了，神学院学生和美丽法国女郎的故事显然把她的想象深深地吸引了去。在彼得看来，一个礼拜来她丝毫没有改变，只不过略微苍白了一点罢了。她的神情却很平静，和平时无异，仿佛她是同她哥哥一块儿来拜访符拉西奇的。可是彼得觉得自己心里正发生着什么变化。从前她在家里住着的时候，无论什么事情他都能对她说，现在他却不好拿"你为什么愿意在这儿"这样简单的问题来问她了。这个问题似乎很蠢笨且无关紧要。或者她心里也发生了同样的变化也未可知。齐娜本是要不慌不忙地把话锋转到她的母亲、家庭、她和符拉西奇的关系等事上来的，她也不为自己辩护，她没有说自由结合比在教堂里结婚好，她并不慌张，可是，此刻她却静静地默思着奥利维尔的故事……他们因为什么突然间谈起奥利维尔来呢？

齐娜看到哥哥和符拉西奇两人被雨水淋得一副落汤鸡的样子，很开心地笑起来，说道："你们两人都被雨水淋湿了。"

彼得感觉到了自己内心深处的所有痛苦和恐惧。他想到了自己空荡荡的家、关着的钢琴和齐娜住过的那间明亮的小屋，这间屋子现在已经没有人走进去了。他想到了花园路上不见了的细小的脚印，早茶之前没有人活活泼泼地走出去沐浴。他愈来愈心醉着小时候的生活，他更爱回想他常常坐在炎热的课堂或演说场里的光景——明亮，纯洁，快乐，种种事物都含着生气和光明，充满在屋子里，谁知这些情景竟是一去不返，渐渐消失了。现在竟和什么旅长呀、英武的中尉呀、卑污的妇人呀，还有什么自杀的祖父呀，等等，粗笨的故事混淆在一起了。若要再开始来谈论他的母亲，或者一同回味往事，心境却大不相同了。

彼得的眼中饱含着泪水，他的手正放在桌上，兀自在那里颤动。齐娜猜到了他的心事，她的眼睛也闪烁起来，开始发红。

她站起身来对符拉西奇说道："格利高列，到这儿来。"

他们走到窗户处，在那里小声谈着什么。彼得从符拉西奇俯身向着她的神情和她注视着他的眼神情便已看出，事情已到了不可救药的程度，无论说什么都无济于事了。

这时齐娜走出了屋子。静默了一会儿之后，符拉西奇拉着他的手，慢慢地说道："好，老兄啊！我刚才说我们的生活幸福，可是说起来，的确是种诗意的放纵。说实在的，也没有十分幸福的感觉。齐娜总是想念她母亲，总是烦恼着。于是我也跟着烦恼起来。她勇敢，天性自由，可是你知道，对于这种天性假使不能够得到满足，那可就难了，她又是这么年轻。仆人们叫她'太太'，区区小事也使她恼怒。就是这样啊，老兄。"

齐娜端了一碟杨梅进来。她后面跟着一个小女婢，形容憔悴，神态畏缩，她放了一壶牛奶在桌上，深深地鞠了一个躬。

雨已经停了。彼得吃着杨梅，符拉西奇和齐娜不言不语地瞧着他。那些不可免去，又毫无意义的话终究是要说的，他们三人都觉得有负担。彼得的眼睛又充满泪水了。他推开了碟子，说他得回去了，不然就要晚了，或许又要下起雨来也未可知。

分别的时候到了，按着通常的礼节，齐娜要提提家人和她的新生活。

"家里的情形怎么样?"她很快地问着,苍白的脸儿颤动起来,"母亲怎么样?"

彼得眼睛并不看着她,说道:"你知道母亲的脾气……"

她揪着她哥哥的袖子说道:"彼得,对于所发生的事情你已经想得很多了。"彼得心里明白齐娜难于说话的处境。齐娜又说道:"你已经想得很多了,告诉我,我们能够设法让母亲接受格利高列……接受现在的局面吗?"

她紧挨着她的哥哥,两人面对面地站着,彼得很惊诧齐娜竟有如此的美貌,似乎以前他从来没有注意过她的脸。在他看来,这种事情真是荒谬绝伦。他的妹妹酷像他的母亲,健壮又漂亮,谁知她竟会和符拉西奇同居,竟会使用这样顽钝的仆人和六脚的桌子,并且竟然不同他一块回去,仍留在这儿睡觉。

他并不回答她的问题,却说道:"你知道母亲的脾气,我想你应当……做点什么,请求她原谅……"

"可是请求母亲的原谅,就表明我们做错了事。我说一次谎话来安慰母亲倒不要紧,但是也不会有什么结果。我知道母亲的脾气。听天由命吧!"

齐娜把最不快活的话说了出来,现在倒觉得愈来愈高兴起来了。"我们就等个五年、十年,只要忍耐着,那时候上帝的意旨自然会完成的。"

她挽着哥哥的臂膀,当他们走过黑暗的前厅时,她紧紧地贴着他。他们走到门廊。彼得告辞上马,缓步行去,齐娜和符拉西奇送他走了一小段路。天气又静又暖,空气里弥漫着一种清洁的稻草味儿。符拉西奇的老花园——这个花园从前曾经目睹过许多暗黑的故事——笼罩在那半明半暗的暮色里睡熟了。也不知道什么缘故,行经这里,便使人悲伤起来。

符拉西奇说道："今天饭后，我和齐娜度过了几刻真正高尚的生活，我对她高声朗读了一篇关于移民问题的文章。你应该读一读这篇文章，你真应该读一读。这篇文章因作者高超的文笔而著名。我禁不住写了封信给作者，对他表示敬意。我只写了一行字：'敝人敬谢先生，并且紧握先生高尚的手。'"

彼得心里想说"不关你的事，不要多管"，可是他咬住舌头不说出来。符拉西奇在他右蹬旁边走着，齐娜走在左边。两人跟着走去，都忘了自己还须回家。地上很湿，他们几乎走到了哥顿诺维奇的矮林那儿了。彼得觉得他们在等自己说点什么话，究竟是什么话他也猜不出，于是他替他们难受起来了。现在，当他们带着顺从服帖的神情，出着神，在马的两旁走着时，他深信他们是很不快活的，而且也不能快活的。所以，他认为他们的爱情是一种可悲的、无可挽回的错误。他满腔怜悯，却又感到爱莫能助，于是便生出一种无可奈何的心情；为了摆脱这种怜恤之心，他简直愿意牺牲一切。

彼得说道："我说不定什么时还要过来住一夜哩。"

可是听这句话的语气，仿佛他正在那里让步一般，使他很不满意。当他们在哥顿诺维奇矮林旁边停下来相互告别的时候，他向齐娜弯下腰去，扶着她的肩膀说道：

"齐娜啊，你是对的！你做得很好。"

为避免多说话和落泪，他便加上一鞭，径自驰入林中去了。钻进幽暗的林中时，他回身看，只见符拉西奇和齐娜顺着道路走回家去——符拉西奇是迈开大步地走去，齐娜却在他旁边连趋带窜地走着——不知他们亲亲热热地在那里谈些什么。

彼得想道："我真是一个老太婆！我是去解决问题的，不料反而把事情弄得更复杂了——真是的！"

他心头沉重，一出矮林便缓步行去，接着就在池子近旁勒住了马。他要坐着静静地思考。那时乌云已经散去，月亮正在上升，但见池子的彼岸倒映着一道红光。远远的传来低沉的雷声。彼得呆呆地注视着池水，兀自在那里想象他妹妹的失望、她那殉教似的灰白脸色和一双没有眼泪的眼睛。他幻想她已怀了孕，幻想他母亲去世，幻想葬礼，幻想齐娜的悲惨……那个高傲而迷信的老太太真的要忧愁死了。未来的可怕景象——在他面前黑暗平滑的水面上涌现出来，他在那些灰白的女人身影之中看见了自己，一个既软弱又怯懦的人，带着惭愧的脸色。

池岸右边有一个黑漆漆的东西，在百步开外一动不动地站着。是一个人呢，还是一根高树柱？这时彼得便想到了那个被人杀死扔在池中的神学院学生。

"奥利维尔的行为固然惨无人道，可是到底他把问题解决了，而我却一事无成，反倒弄得更坏。"他一面想着，一面凝视着那个像鬼似的黑影儿。"他认为对的事情，他就去说、去做，而我所说和所做的却不是我自己所想的。再说，我真还不知道我所想的是什么……"

他策马走到黑影处一看，原来是一根老朽的柱子，也不知是哪间庐舍的遗木。

从哥顿诺维奇的矮林和花园里飘来一阵百合花和藏蜜花浓烈的芳香。彼得顺着池岸走来走去，悲哀地望着池水。他一想到他的生世，就断定他的所说和所做永远不是他所想的事情，别人对他也是如此。所以，在他看来，生命的全部简直像这个池水一般的黑暗，夜间的天色照在水中，水草乱七八糟地生长在这里。他觉得这是无法补救的。

无名氏的故事

（一）

　　由于种种原因，我不得不到彼得堡一个姓奥尔洛夫的官员家里去当一个侍者，至于什么缘故，现在还不是详细叙述的时候。奥尔洛夫年纪在三十五岁左右，名叫盖奥尔季·伊凡内奇。

　　我去服侍奥尔洛夫是因为他的父亲，他父亲是政治上有影响力的要员，我把他看做是我事业上的敌人。我暗自打算，在他儿子那儿住下后，可从我听见的谈话中、放在桌上的公文信件里，详细探查到他父亲的计划和意图。

　　每天中午十一点，我那侍者住处的电铃一响，我便知道是主人醒了，这仿佛成了一个规律。当我带着擦亮的鞋子和干净的衣服走进主人卧房的时候，盖奥尔季依旧坐在床上，脸上虽没有倦态，却露出一种睡后反倒疲乏的模样，呆呆地盯着某个地方，丝毫没有因为睡醒而露出快乐的神情。他任凭我帮他穿衣，不言不语不理会我，可脸上却显出一种嫌厌的神情。接着，洗脸之后，他时常顶着潮湿并且发出清新香味的脑袋，走到餐室去喝咖啡。他常常坐在桌子那里，一边啜着咖啡，一边阅读新闻报，而女婢波丽雅和我便恭恭敬敬地立在门口望着他。两个成年人不得不站在那里聚精会神地望着一个第三者喝咖啡、嚼饼干，这种事情或许可笑而且奇怪，可是我不认为那是卑贱的，即使我同奥尔洛夫一样，出身贵族，受过良好的教育。

那时候我是痨病初期，并且正患着比痨病还要厉害的病。我不知道这是疾病的结果，还是我并没有察觉到自己的世界观开始在变化。我的脑子一天一天地被一种热切恼人的欲望所占据，极欲过那日常、平凡的生活。我渴慕精神上的安谧、身体的康健、新鲜空气和衣食温饱，等等。我变成了一个狂想者。正如狂想者一般，我并不知道自己需要的是什么。有时候我情愿到一个修道院去，连日的在那里傍窗而坐，凝望着树木和田园；有时候幻想着要购买十五六亩田地，做一个乡绅士从此安家立业；有时候又在心中立誓去研究科学，在省立大学里当一个教授。我本是一个退职休养的海军中尉，所以我时常挂念着海洋，以及我们的小舰队和那艘快舰，我曾坐在这艘快舰里巡游世界各处。记得每次在热带森林里行走，或者在孟加拉湾中遥望日落的时候，竟因狂喜而颤抖着，同时又思念起家乡来，我渴想再去重温这种描述不出来的情感。我幻想那些山岭、妇人、音乐，怀着一种小孩子的好奇心，细看别人的脸儿，倾听他们的语声。当我立在门旁，望着奥尔洛夫啜咖啡的时候，就觉得自己不是一个侍者，而是一个关心世界上各种事情，甚至奥尔洛夫的事情也关心的人。

从外表上看，奥尔洛夫是一个标准的彼得堡人，他生得窄胸长腰低额，眼睛的颜色含糊不清，头发少而暗淡，有髯须，也有胡髭。他虽然审慎勤勉地在他的脸上用功夫，却仍有一种陈腐可厌的神情。当他睡觉或沉思的时候，这种神情更是可厌。我没必要描写这种平常的外貌，况且彼得堡又不是西班牙，一个人的外貌就是在情场里也没多大关系，不过对于一个侍者或车夫却还有点价值罢了。刚才我描述奥尔洛夫的脸儿和头发，只是因为他的外貌上有突出的特点：不论奥尔洛夫取书或报，不论他遇见什么人，他总要露出一种讥诮的眼神，并且脸上也装出一种光明无害的、讥笑般的神情。在读书报或听人说话之前，他总先预备好他的讥诮，像一个野蛮人预备盾牌一般。这种讥诮早已成了习惯，如同陈酒酿了多年一般，现在恐怕不由自主，仿佛受了感应作用，自然地在他的脸上流露出来。

午后不久他便拿起他那装满文件的皮包，乘车上班去了。他是吃了午饭从家出去，晚上八点钟以后方回来。我在他的书房里点上蜡烛，他就在圈椅上坐下，两腿伸在别的椅子上面。他这样斜倚着，开始看起书来。几乎每天他都会带回新书，或者由书店送来好几包，这些书中有三种外文书堆积在我那屋子的墙角上和床底下，其中却没有什么俄文书，因为他把俄文书读毕便丢开。他读得非常快，谚语说："告诉我你所读的书，我就能说出你是什么样的人。"这倒是句真话，可是绝对不能据此判断奥尔洛夫的为人，因为他读的书简直是大杂烩：哲学、法国小说、政治经济学、财政学、新诗，还有俄国通俗读物出版社的读物，等等——他快速地读这些书，同时眼睛里露出那种讥诮的神情。

晚上十点钟以后他便仔细穿戴好，常常穿晚服，很少穿他那侍从官的制服。他打扮好了就出去，直到次日清晨才回来。

我在他那儿生活得很平静、很安宁，没有发生过一点儿误会。他依旧不理会我，他对我说话时，脸上也没有讥诮的神情——显然他不把我当人类看待。

我只见他发怒过一次，那天是我到他这里的一礼拜后——九点钟的时候不知他从哪个饭局回来，脸上露出生气和疲惫的神情。当我跟进他的书房去点蜡烛的时候，他对我说道：

"屋里有一股让人恶心的气味。"

我回答道："不，空气很清新呢。"

他怒道："我告诉你，有臭味。"

"我每天都开窗的。"

他便喝道："不准强辩，混账！"

我生气了，正要反驳，幸亏波丽雅出来说话，她比我更知道主人的脾气，不然还不知道怎么收场呢。

她扬眉说道："真有一股难闻的气味。什么东西发出来的？斯捷潘，把会客室里的玻璃窗打开，生上壁炉。"

她在那几间屋子来回跑着，忙忙碌碌，衣裙沙沙地作响，还掩着鼻子，发出咝咝的声音。奥尔洛夫的怒气还没有平息，一望而知他正压抑着自己，不使坏脾气完全发作出来。后来他坐在桌子旁，迅速地写一封信。写了没几行，只听他愤然哼了一声，把那张信纸撕碎，接着又重新写起来。

他喃喃地说道："这些混账东西！他们期望我有一种异常惊人的记忆力！"

后来那封信写好后，他从桌子旁站起来，转身对我说道：

"到兹纳敏街去一趟，亲自把这封信交给齐娜伊达·费多罗芙娜·克拉斯诺甫斯基本人。不过须先问看门人，她的丈夫——就是克拉斯诺甫斯基先生——是否回家。假使他已回家，那就不用交这封信，坐车直接回来就好了。等一会儿……假使她询问我这里有人没有，你就告诉她，从八点钟起，就有两位老爷，不知在这里写些什么东西。"

我乘车到兹纳敏街。看门人跟我说克拉斯诺甫斯基先生还没回家，于是我便上到三楼，一个身材高胖、面有黑须、穿着褐色号衣的侍者给我开门，问我有什么事情，他那懒洋洋的口吻、无礼又冷淡的口气，只有侍者们招呼别的侍者们才用的。我正要回答，就有一位穿黑裙的女人匆匆忙忙地走进前厅来。她眯着眼睛看我。

我问道："齐娜伊达·费多罗芙娜在家吗？"

女人说道："我就是。"

"盖奥尔季·伊凡内奇差我送来一封信。"

她急不可耐地把信撕开，两手捧着读了起来，我看见她手上那闪闪放光的钻石戒指。我又看着她那苍白的带着柔和细纹的脸儿，隆起的下颔和那又黑又长的眼睫毛。从她的外貌看，我断定这女人年纪不会超过二十五岁。

她看完信后说："替我向他问好，谢谢他。"她仿佛为自己的怀疑感到惭愧似的，快活地柔声问道："盖奥尔季·伊凡内奇那儿有客人吗？"

我答道："两位老爷，不知他们在那里写些什么东西。"

她把脑袋向旁边一歪，重复说道："谢谢他，替我问好。"她一边看信，一边无声无息地走了出去。

那时候我没看过几个女人，这位与我有一面之缘的妇人竟在我心中留下了印象。回去的时候，我回想着她那脸儿和身上的芳香，竟胡思乱想起来。等我到家的时候，奥尔洛夫已出去了。

（二）

我和雇主的关系原是平静而安宁的，而我对于伪装成侍者一事却非常害怕，这种卑鄙龌龊的事情是很容易被发现的，于是我每天都提心吊胆。我与波丽雅处得不好。她是一个衣食饱足、体格肥胖的放荡女人，她崇奉奥尔洛夫，因为他是老爷，却轻视我，因为我是一个侍者。她两颊绯红，鼻尖上翘，秋波传情，身段正从丰满过渡到肥胖，从真正的侍者或厨役的眼光看来，她或许是一个可人儿。她涂脂抹粉，画眉毛，涂口红，穿着紧身胸衣，裙子里衬着腰垫，戴着一只铜制的手镯。她走起路来左右摇摆，脚步细碎，肩膀和背脊也不停地扭动。早晨我和她一同收拾屋子的时候，她那裙子的窸窣声，紧身胸衣的窸窣声，手镯的叮当声，从主人那里偷来的唇膏、香醋和香水的粗俗气味，凡此种种，使我心中产生一种感觉，仿佛我正在和她一块儿干什么丑事一般。

从第一天起她就恨我，或许因为我不像她似的偷偷摸摸，或许因为我没有表示愿意做她的情人，由此她认为这是一件耻辱的事情，又或因为她心里觉得我是一个不一样的人，也未可知。我的笨手笨脚，我的不像侍者的外貌，还又生着病，在她看来似乎都很可恨，惹得她很不快活。那时候我正患着一种很厉害的咳嗽症，夜间我时常扰到她的清梦，导致她睡得不好，因为我们的房间仅仅隔着一层木板。因此每天早晨她必对我说：

"你又不让我睡好觉了。你应该到医院去住着，不应该在这儿做事。"

她认定我不算是一个人类，而是一个低她无限倍数的东西，所以她有时竟像罗马贵妇在奴隶面前裸身沐浴而毫不害羞一般，身上只留一件衬衫，便在我面前毫不顾忌地走来走去。

有一次在午饭间（我们的饭菜有汤和烤肉，每天由一家饭馆送来），我一时高兴，便问她：

"波丽雅，你信仰上帝吗？"

"怎么呢，当然啦！"

我接续说道："那么你相信将来到了最后审判的日子，我们须面对着上帝承认自己犯下的恶行吗？"

她没有回答我，只做了一个表示轻蔑的歪脸儿，我看着她那双冷淡而满足的眼睛，便知道像她这样恶劣透顶的人用不着上帝，用不着良心，更用不着法律存在世间。如果我想纵火焚屋或者谋财害命，那么，便找不到比她更好的同伙了。

到奥尔洛夫家里的第一个礼拜，我因怪异的环境而感到非常不安，那时我还没有听惯那称呼下人的"你"字，也没有说惯那句时常不得不说的谎话"我家大人不在"，其实主人并没有出去。我一穿上侍者的燕尾服，便觉得身上仿佛披上了铠甲一般。可是过了一些时日，也就习惯了。就像一个真正的侍者一般，我在桌边侍候主人，整理房间，有时步行或乘车，往来奔走于种种差遣。当奥尔洛夫不想和齐娜伊达约会，或者当他忘记答应去见她的时候，我就要乘车到兹纳敏街送信给她，并且说一句谎话。种种的结果都不符合我当初投身为一个侍者时所期望的事情。这种新生活的每一天都是在消耗我的精力，因为奥尔洛夫永远不提及他的父亲，他的宾客也是如此。对于那位有影响力的政治家的作为，我所能探知的事情仍和从前一样，从报纸上或朋友的来信中得到一点点消息。他书房里经我搜寻和检阅的公文信件不下几百封，却与我想要探知的事情竟没有丝毫关系。奥尔洛夫对他父亲在政治工作上的活动完全不关心，就像从来没有听说过，又像是他的父亲早已故世一般。

（三）

每礼拜四，都会有几个客人来我们这儿。

到了那天，我便吩咐饭馆送一大块熏牛肉来，打电话到叶里塞耶夫店里，给我们送鱼卵酱、牛乳饼和牡蛎等。然后再去买纸牌。波丽雅整日忙着预备茶具和晚饭用的餐具。说实在的，这种活动的忙碌让我们那懒洋洋的生活发生了变化，礼拜四就成了我们觉得最有趣的日子。

只有三位客人常来。最体面而且最有趣的客人叫彼卡尔斯基，他是一个四十五岁左右、身材瘦长的人，长着一个很长的鹰钩鼻，留着一把又大又黑的胡子，头顶光秃。他那双大眼睛向外凸出，神情严肃，常常若有所思，看上去好像一个希腊哲学家。他在铁路管理部和一家银行里做事，也在政府的某重要机关里任顾问律师之职，和许多私人有业务关系，担任法律监护人、债权人会议主席，等等。他的官阶低，谦虚地说自己只是一个律师，然而他具有神通广大的能力。你只要有他的一封信或者一张名片，就能使有名望的医生、铁路督办，或更有威望的官员优先接待你，而不用排队等候。据说一个让他说好话的人，可以得到一个四等官职，并且做任何不好的勾当都可一手盖过。别人把他看做是一个非常有智慧的人，不过那是一种稀奇古怪的智慧。他能够在脑子里立即算出 213 乘以 373 的结果；又能不用纸笔和换算表就把英国的金镑换算为德国的马克；他通晓财政管理和铁路事务，并且熟知俄国行政机关的事情；他在民事诉讼方面是最敏捷的辩护人，要想在法律上占他的上风，谈何容易。可是这种特别的智慧，对于许多连蠢人都懂得的事情，他却没法理解。例如，他从来就不明白人们为什么抑郁、啜泣、自杀，甚至杀人，又为什么让本来和他们自身无关的事物弄得自己心情波动，在读果戈理和谢德林的书时，他们又为什么发笑……各种抽象的、属于思想和感情范畴的事物，他都觉得令人纳闷而无法理解的，仿佛对聋子奏乐一般。他仅从业务上去观察人，把人分作能干和不能干两类。此外再也没有别的分类法了。诚实和正直不过是能干的表象罢了，酗酒、赌博和好色未尝不可，但不能因此而干扰业务；信仰上帝是很蠢的，但是宗教应该保留，因为必须有一种主义来限制普通人，不然他们就不愿意做事啦；惩罚就像是一种恐吓手段；没有搬到别墅的必要，因为城里待着也很合适。诸如此类。他是个鳏夫，膝下并无儿女，然而却像是阔绰家庭一样过得非常奢华，一年须付三千卢布的房租。

第二位客人是库库希金，他虽然是个青年，却已经是参议院的议员。他身材矮胖，再配上那小巧的脑袋，看上去实在不相称，因此他的外貌是十分难看的。他的双唇总是抿着，修得很齐的小胡子看上去像是用胶水粘上的。他的神态活像蜥蜴。他并不大步地走路，而是脚步细碎，左右摇摆，呵呵地笑，并且一笑就露出他的牙齿。他是一个处理特殊事务的官员，虽然领着很高的薪金，却一点事情也不用做，尤其在夏天，总有出差的工作机会找他。他是一个唯利是图的人，这种欲望不但熏染了他的骨髓，而且浸透了他的血液。尽管如此，唯利是图的他却认为自己能力不够，不能自立门户，将自己的境遇建立在大人物的恩赐上。他为了获得某种外国勋章，或为了在报纸上露露自己的名字，表示他和一些大人物一块儿出席了某某特殊的集会，不惜忍受种种屈辱，一个劲儿地恳求、谄媚和许愿。他因怯懦而巴结奥尔洛夫和彼卡尔斯基，因为他认为他们是有势力的，他也讨好我和波丽雅，因为我们是在一个有势力的人家里当差。每次我替他脱去皮外衣的时候，他总会含笑问我："斯捷潘，你娶亲没有？"接着又说许多不伦不类的俗言陋语——借此让我感受他的关心。库库希金不仅迎合奥尔洛夫的种种缺点，还极力恭维他那些伤风败俗和餍足的生活。为了使奥尔洛夫开心，库库希金故意说些恶毒的讥嘲和无神主义的话，并且和奥尔洛夫一块儿批评别人，可一旦在这些人面前，他就又奴颜婢膝的。在吃晚饭的时候，大家谈到恋爱和女人时，他便假装是一个刁滑而乖戾的酒色之徒，彼得堡的浪子一般都喜欢谈论他们那些丑陋的事情。这个年轻的议员搂着他的厨娘或者涅瓦大街上的妓女就已经很满足了。可是听他说话，你会认为他像是被东西方的淫风恶习所浸染，是十二个不道德的秘密协会的名誉会员，早已被警察盯住。库库希金说得天花乱坠，别人倒也不是不信，可是对他那不足信的故事当做耳旁风罢了。

　　第三个客人是格鲁津，他是一个有名而且饱学的将军之子。年纪和奥尔洛夫相仿，淡黄色的长头发，眼睛近视，戴着一副金边眼镜。我到现在仍然记得他那又长又白的手指，看上去就像一个钢琴家的手指。他那模样还真有点音乐家和美术家的气质。他常常咳嗽，还患有头痛病，看上去很虚弱。或许他在家里像个婴儿似的，需要别人替他穿衣脱裳也未可知哩。他法律学校毕业，起初在司法科做事，后来被调到枢密院里去了。辞职后又托人在国家产业部谋得了一个工作，不久又把这差事给辞了。我在那里当差的时候，他在奥尔洛夫的部门里做事，担任秘书长，可是他说不久还要换回司法科去。他轻轻松松，毫不在乎地从这一位置换到另一位置，当别人在他面前认真地谈职务、勋章、薪金的等级时，他就会温和一笑，背一句普鲁特科夫的箴言："只有在政府机关里，才能得闻真理。"他有一个身材短小、满脸皱纹，并且爱吃醋的妻子，以及五个瘦弱的孩子。他对妻子很不忠诚，对于儿女，只是看见的时候才会觉得喜爱他们，总而言之，他对自己的家人很是冷漠，常拿他们开玩笑。他和家人靠借钱度日，不论在什么地方，机会到来，能借即借，就连他的长官和那些看门人他都借过。他天性懒散到连自己的事情也不关心，无忧无虑地随波浮沉，不知道自己会飘到哪儿，也不知道为什么要飘去。别人带他到什么地方去，他就跟着到什么地方去。如果别人带他去下等的妓馆里，他也跟着去；如果在他面前摆上酒菜他便吃喝，酒没放在他面前他就不喝；如果别人在他面前辱骂妻子，他也会辱骂自己的妻子，声称她毁了他的终身；当别人赞扬妻子的时候，他就也跟着赞扬自己的妻子，而且十分诚恳地说："我非常爱她，这可怜的女人啊！"他没有皮外衣，常常披着一块带着乳味的方格呢大衣。在吃晚餐的时候，他把面包搓成一个个小圆球，喝许多红酒，然后在那里呆呆地出神。说也奇怪，我常常觉得他一定有什么心事，他大概也隐约感觉到了，只是他那忙碌的生活，让他没有工夫去理会和重视这些心事。他能够略微弹奏一阵钢琴。有时候他在钢琴旁坐下，弹奏一两曲，并且柔声唱道：

"孰知来日之事兮，我将何如？"

可是他突然又好像被吓到似的，起身离开钢琴，走得远远的。

客人们通常在十点钟左右到来，他们在奥尔洛夫的书房里斗纸牌，波丽雅和我便递茶给他们喝。只有在这些时候，我方能体会到一个侍者生涯的各种苦处。在门口站立四五个钟头之久，守着不让客人的杯中空着，换烟灰缸，去拾起掉落在地上的粉笔或纸牌。主要是我得站着、侍候着，提着神不敢说话、咳嗽或发笑，真是难受。我可以确定，这事比农活还要辛苦。想起从前我在军舰上，狂风暴雨的冬夜里，我曾站过四个钟头的岗，可我觉得，那要容易得多。

他们常常打牌打到夜间两点钟，有时候到三点钟，然后伸伸懒腰，走进餐室吃夜宵，就如奥尔洛夫说的，吃一些点心垫补肚子。夜宵席上他们就开始聊天。开谈的依然是奥尔洛夫，他笑眯眯地讲起某个熟人，或最近他正读着的某本书，或新的任命和计划。库库希金永远是拍马屁的，他随着奥尔洛夫的腔调说话，于是，依我当时的心境听来，一场非常可憎的谈话开始了。奥尔洛夫和他的朋友的讥诮简直没有限制，任何人和事他们都不放过，当他们说到宗教时，语气中便带着讥诮；说到哲学和人生意义以及目标时，又是讥诮；如果有人提及农民，也是带着讥诮。

彼得堡有一种人，他们的特长是嘲笑各种人生观。即使是一个挨饿或者自杀的人，他们也不肯放过。可是奥尔洛夫和他的朋友不只是说笑话或者开玩笑，而是讥诮讽刺。他们常说没有上帝，人死后人格即完全丧失，永生者仅仅存在于法国科学院里。真善并不存在，也不能存在，因为它的存在，基于人类的完善为先决条件，这是一个逻辑上的谬误。俄国是一个和波斯一样贫穷枯燥的国家。知识分子是没有希望的。彼卡尔斯基认为，大多数知识分子是没有才能和用处的人，人民酗酒、懒惰、做贼，而且是堕落的。我们没有科学，文学很糟糕，而商业立足于欺诈——简直是"不欺骗"就没有买卖。诸如此类，不胜枚举，一切不过是笑谈的话题罢了。

夜宵将毕时，酒使他们越发畅快淋漓，闲谈转移到逗笑的话题上了。他们取笑格鲁津的家庭生活；取笑库库希金谄媚的样子；取笑彼卡尔斯基，说他的账簿上有一页标着"慈善费"，又有一页标着"生理必要品"。他们说没有一个妻子是忠诚可靠的，客人可以不出会客室就从妻子那里得到怜爱，即使丈夫正坐在接近会客室的书房里面。女人们在由姑娘到成年的阶段便已变坏了，而且各种事情都知道。奥尔洛夫还保存着一个十四岁女学生所写的信，她曾在从学校到家里的途中，勾上了一个官员，这个官员把她带回家中，直到夜深才放她走。她连忙写信把这事告诉她的学友，叫她的学友也来同她分享快乐。奥尔洛夫说世上从来就没有纯洁的道德，现在也没有，这种东西不是必须的，没有它人类也过得很好。所谓淫恶所造成的害处原是言过其实的，这是毫无疑义的。法律所禁的恶行不曾阻挠第欧根尼 [①] 成为一个哲学家和教师。恺撒 [②] 和西塞罗 [③] 是两个酒色之徒，却又不失为伟人。加图 [④] 老年时娶了一位少女为妻，然而他还被人称为严格持斋、道德高尚的人。

在凌晨三四点钟时宴会散了，客人们一起出城，或者上官员街去找一个名叫瓦尔瓦拉·奥西波芙娜的女人，那时候我便退回到我的屋

---

① 古希腊犬儒学派哲学家。
② 古罗马政治家。
③ 古罗马雄辩家。
④ 古罗马哲学家。

子里，因为咳嗽和头痛，所以躺了好半天也依然睡不着。

（四）

我在奥尔洛夫家住了三个礼拜后，有一天——我记得那是礼拜日的早晨——有人在门外按铃。那时候还不到十一点，奥尔洛夫尚在梦乡中。我便去开门。只见一位罩着面纱的女人站在门前阶梯上，诸君可以想象我当时的惊讶之情。

她问："盖奥尔季·伊凡内奇起床没有？"

我一听她的口音，便认出她是齐娜伊达·费多罗芙娜，我曾到兹纳敏街给她送过几封信。我不记得当时是我没有来得及回答她，还是我方寸一乱就不知怎么回答她——总之，我一见她，便怔住了。然而她也不需要我的回答，只见她突然从我身旁掠过，跑了进去，屋里立即充满了她身上的香水气味，这种香味至今我还记得。她向房间走去，脚步声听不见了。之后约有半个钟头，什么动静也听不见。可是又有人按铃了，这次却是一个打扮时髦的姑娘，看她的神情仿佛是有钱人家的婢女，后面还跟着我们的看门人。两人气喘吁吁地搬进来两个皮箱和一个柳条箱。

她说："这些东西是给齐娜伊达·费多罗芙娜送来的。"

她一句话也不多说，便走了。所有这些事都不可思议，波丽雅露出狡黠的微笑，她对奥尔洛夫的怪事一向很好奇。看她的神情仿佛想说："要出事啦。"从此她一直踮着脚尖走路。后来我们听到有脚步声过来了。齐娜伊达·费多罗芙娜很快走进前厅来，看见我站在我的下房门口那里，便说：

"斯捷潘，给盖奥尔季·伊凡内奇穿衣服。"

当我拿着衣裳和鞋子进到奥尔洛夫房间的时候，他正坐在床沿边，双脚放在熊皮毯子上面。他看起来心慌意乱。他没注意我，仆役干扰不了他，可是一望而知，他正在踌躇为难中。他不言不语，慢慢地穿衣、洗脸，用他的木梳梳头发，刷衣服，仿佛在给自己时间思索自己的处境，甚至从他背后，也能看出他烦恼，不满意自己。

他们在一块儿喝咖啡。齐娜伊达替自己和奥尔洛夫斟上咖啡，然后把手肘放在桌上，笑了起来。

她说："我还很难相信。当一个人旅行很久，最后到达旅馆时，他就难以相信自己不必再往下走了。自由自在地呼吸真是快活啊。"

她带着满心想淘气的小女孩的神情，释然叹了一口气，又笑了起来。

奥尔洛夫朝报纸点了点头，说："对不起，在早餐时读书报是我改不掉的习惯。可是我也能同时做两件事情——阅读书报和听人说话。"

"读吧……你应该保持你的习惯和自由。可是你的神情为什么这样严肃呢？你在早上总是这样子吗？你不快活吗？"

"正好相反。不过我应当承认我有一点儿吃惊。"

"为什么呢？你早知道我会突然来找你，而且也应该作好准备呀。我天天都嚷着要来的。"

"是的，可是我没想到你在今天实现你的话。"

"我自己也不希望这样，不过这倒更好。最好是把痛的牙齿拔了出来，一下子完事。"

"对啊，自然啦。"

她闭着眼睛说："哦，我亲爱的，所有的好事情，就应该有好的结果。可是得到这种快乐的好结果之前，先要受何等的痛苦啊！别看我在笑，我很幸福，我很快乐，可是我觉得笑倒不如哭。"她用法国话继续说道：

"昨天我不得不打了一场仗。只有上帝知道我多么狼狈。可是我在笑，因为我不敢相信。我坐在这里和你一块儿喝咖啡不是真事，而是一个梦境。"

后来她仍用法国话，描述头天她和她丈夫决裂时的情形，当她痴迷地看着奥尔洛夫的时候，简直分不清是笑是哭了。她说，她的丈夫早就疑心她了，只是没有直接挑明罢了。他们时常争吵，闹得最厉害的时候，他会突然缄口不语，转身进了他的书房，因为他害怕一时激动起来，就把他的怀疑完全说破，也免得她自己公然说出来。她觉得自己很内疚，也很渺小，无法勇敢地跨出一步，这种情感一天一天地使她恨起自己和她的丈夫来，像在地狱里那般痛苦。可是前一天争吵的时候，他哭着叫道："上帝呀，这种生活何时能了结啊？"他走回书房里，可她好像猫追老鼠似的跟着跑去，一边阻止他关门，一边嚷着说她恨他恨得要死。于是他便放她进了书房，她把一切全告诉了他，承认自己另有所爱，而那个人才是她真正的、最合法的丈夫，又说她认为自己当天便要搬到他那儿去，这是她的真正的权利，无论发生什么事情，即使因此要被枪毙，她也要去。

奥尔洛夫打断她的话："你倒有一种强烈的浪漫主义气质。"他的目光仍在报纸上面。

她笑了笑，继续讲下去，没有动她的咖啡。她的双颊发红，她觉得有点儿不好意思，兀自含羞地看着波丽雅和我。根据她后来的叙述，我知道她丈夫连骂带吓地回答她，最后还洒了许多眼泪，确切说来，经受了一场战斗的不是她，而是他。

她对奥尔洛夫说："对了，我亲爱的，只要我精神兴奋起来，一切事情都会顺利的，可是到了晚上，我的精神就衰弱下来了。奥尔洛夫，你不信仰上帝，可我却信，我担心报应。上帝要我们忍耐、宽容和牺牲，现在我却不能忍耐，而且急着改变我的生活来适应自己，这对吗？如果上帝认为这样错了呢？夜里两点的时候，我丈夫到我房间来说：'你不可以走，我一定要叫警察把你抓回来，轰轰烈烈地闹一场。'过了一会儿，我看见他好像一个鬼似的站在门口，'可怜可怜我吧！你私奔了，对我的官职会有很大的影响。'我听了这两句话大受感动，全身几乎都僵了。我仿佛感觉到了报应的到来，已经在我身上开始实施了，吓得直哆嗦，还哭了起来。我仿佛觉得那天花板要落下来了，马上就要被人拉到警察厅里去了，你也开始对我冷淡起来了——说实在的，上帝才知道我在想什么！我想我倒不如去修道院里修行，或者去做个女婢，把所有幸福都抛弃。可是那时候我想起了你爱我，我没有权利不告诉你，就擅自处置自己。我心里乱极了，觉得好失望，也不知道做什么想什么才好。可是太阳一出来，我又觉得快乐起来。一到早上我就奔到你这里来啦。啊，我所经历的事情，我亲爱的！我连续两晚没睡觉了！"

此刻，齐娜伊达又疲惫又兴奋，她很困倦，同时又想滔滔不绝地长谈，想笑又想哭，还想去一个饭馆里吃点心，尝尝自己获得自由的滋味。

吃完早餐，她便很迅速地走遍所有的屋子，说："你这个住宅很安适，可是我们两人住，显得狭小了一点。你给我哪间屋子呢？我喜欢这一间，因为它在你书房的隔壁。"

从那个时候起，她就把这间屋子称作她的房间了。一点钟的时候，她在房间换好衣服，和奥尔洛夫一同出去吃早饭。他们午饭也是在饭馆里吃。两顿饭之间的一长段时间里，他们都消耗在购物上。直到夜深，我还要给从许多铺子里来送货的店员开门。他们买了许多东西，其中有一面很讲究的穿衣镜、一张梳妆台、一张卧榻和一套光彩华丽的茶具，其实这套东西我们根本用不着。他们买了许多盆碟，我们便拿来排列在那阴冷又空荡荡的厨房里的架子上。我们解开茶具包装的时候，只见波丽雅的眼睛闪闪发光，又恨又怕地看了我两三次，生怕我率先偷去一个漂亮的杯子。不久，一张极贵且很不方便的写字台也送到了。显而易见齐娜伊达是想要在我们这儿好好地住下来，并且做这个宅子的女主人了。

九点多的时候，她和奥尔洛夫一块儿回来了。齐娜伊达怀着满心的傲气，认为自己在爱情上作了一个勇敢而与众不同的决定，她心里充满着爱，同时觉得自己也被人热爱着。她筋疲力尽，盼望甜蜜地睡一觉。她在新生活里纵意肆志，得意极了。她快乐着，幸福着，两手合拢紧紧地握着，声称所有事情都很美满，立誓说她会永远爱奥尔洛夫，并且觉得她也被他深爱着，直到永远。这种坦白又稚气的自信心和这些誓言使她年轻了五岁。她讲着令人心醉的空话，又嘲笑自己。

她极力想说几句庄重、有意义的话："再也没有比自由更大的幸福了！你想想看，这是多么荒谬啊！即使我们的意见是有道理的，我们也会觉得没一点价值。可是在各式蠢人的种种意见面前，我们却会战栗害怕。前一分钟我还担心别人要说闲话，可是我一跟着自己的本能决心走自己的道路时，我的眼睛就张开了，我就战胜了我那愚蠢的恐惧，现在我就很快乐，并且祝愿每个人都能够一样的快乐！"

然而，她的思想忽然来了一个转变，开始讲起了新住宅、壁纸、马车、到瑞士和意大利旅行。奥尔洛夫跑饭馆和商铺，已经累乏了，但他仍然如我早晨所见的那般心神不宁。他笑着，可多半是出于礼貌，并非因快乐而发出的笑。无论齐娜伊达严肃地说什么事情，他都只是讥诮地应道："哦，是的。"

齐娜伊达对我说："斯捷潘，赶快给我们找一个好厨子。"

奥尔洛夫很冷淡地望着我说："厨房倒没有先忙的必要。首先应当搬家才对。"

我们从不在家做饭，也不养马，因为奥尔洛夫说他不喜欢杂乱无章，所以他仅仅是出于必要，才让波丽雅和我住在他家里。所谓家庭的幸福，虽有日常的快乐和入微的体贴，却像庸俗的事情不合他的脾胃。至于怀孕，生育儿女，谈论子女，在他看来都是琐碎而讨厌的事情。我心中着实觉得奇怪，想看看他们这两个人怎么在同一所房子里相处——齐娜伊达喜欢家庭生活，操持家务，买了个铜锅，希望找一个好厨子，养一些马；奥尔洛夫却常常对他的朋友们说，一个喜欢干净的正派人的房子应当像一艘战舰似的，不放不需要的东西——不要女人、孩子、抹布、厨房用具……

（五）

读者诸君，现在我要说说礼拜四发生的事情。那天，奥尔洛夫和齐娜伊达在康坦饭馆或多侬饭馆里吃饭，奥尔洛夫独自一人回了家。后来我才知道齐娜伊达到彼得堡郊外她原先的女教师那里去了。客人们在我们家里的时候，奥尔洛夫不愿意把齐娜伊达引见给他的朋友们，我在早餐时便看透了他的意思，他一再对她说，为了让她心情平静起见，礼拜四的晚上她千万不要在家里。

与平常一样，客人们差不多在同一时间到来。

库库希金低语问我："女主人在家里吗？"

我回答道："不在，先生。"

他走进来，眼睛里闪着一种淫荡的目光，神秘地笑了一声，摩擦着他那双被霜冻得冰凉的手。

他一边带着高兴而谄媚的笑容，握着奥尔洛夫的手，一边对他说："恭喜，恭喜！愿你像黎巴嫩雪松似的滋生繁殖。"

客人们走进卧房，看见一双女鞋，铺在两张床中间的地毯和挂在床架上的一件灰色短衫，便借题发挥，兴致勃勃地戏谑起来。他们觉得很有趣，这个人本来是轻视爱情里所有的琐事的，却不料这样简单而平常地落在一个女人的罗网里了。

库库希金反复说了好几次："伸出手指来骂人的人，如今正在那里屈身臣事了。"我附带说一下，他有一种讨厌的习惯，常常用北欧教会里的经文来修饰他的语言。当他们从卧房里出来走到书房隔壁的那间屋子里去的时候，库库希金说："唏——唏！唏——唏！玛加丽特①正在这儿想念浮士德呢。"

库库希金边说边哄然大笑起来，仿佛他说了什么极有趣的事情。我望着格鲁津，认为他那艺术的灵魂肯定忍受不了这种笑声，可是我却误会了。只见他那善良的瘦脸上，满面光彩，欣然色喜。他们坐下来斗牌时，他笑着揶揄道："可爱的奥尔洛夫若想成就他的家庭幸福，所需要的东西只是一管红木烟袋和一张弦琴。"彼卡尔斯基泰然笑了一声，可是从他那严肃的神情看来，他看出奥尔洛夫的新情事出了问题。他不明白发生了什么事情。

玩了三圈牌之后，他茫然问道："可是她丈夫怎么样了？"

奥尔洛夫回答："我不知道。"

彼卡尔斯基用手指捻着他的胡须沉思起来，一直到吃晚饭。等到他们坐下来用餐时，他才很小心地把每个字音都拉很长说：

"总之，请你原谅我这样说，你们两人我都不了解。你们可以按自己的心意相爱，破坏第七条戒规——这我是理解的。是啊，这是可以理解的。可是为什么要让她丈夫知道你们的事呢？请问这有什么必要吗？"

"可是，这有什么区别呢？"

"嗯！……"显然，彼卡尔斯基很用心地在那里想着，他继续往

---

① 德国作家歌德（1749—1832）所著《浮士德》中的女主人公。

下说道："好吧，我的朋友，我来告诉你，假使我日后续弦了，你脑子里想要诱奸我的妻子，那么就请你去做好了，我绝不来理会这事的。欺骗一个人，比去破坏他的家庭生活和损害他的名誉正直得多了。我明白。你们两人都认为公开地住在一块儿是特别可贵而且高尚的事情，可是我不能赞成这种……什么呢？……浪漫主义？"

奥尔洛夫没有答话。他心里有气，不大愿意说话，彼卡尔斯基仍然茫然地用手指敲着桌子，想了一会儿，说道：

"我还是不理解你们俩，你不是学生，她也不是裁缝。你们两人都是有财产的人。我想你不妨另外为她安排一处住宅。"

"不，我不能。你读读屠格涅夫的作品。"

"我为什么要读他的作品呢？我早就读过了。"

奥尔洛夫讥诮地挤着眼睛，说道："屠格涅夫在他的小说里教导我们说，每个正直高尚的姑娘必定会跟着她所爱的人走遍天涯海角，并且一定遵从她所爱的人的意思。天涯海角是含着诗意的；天涯海角可以就在她所爱的人的住宅里。所以不和爱你的女人居住在同一屋檐下，就是否认她高尚的理想，拒绝享受她的美意。对啊，我可爱的朋友，屠格涅夫是这样写的，我不得不为此受点苦。"

格鲁津轻轻地说道："我不明白这跟屠格涅夫有什么关系。"说着便耸了一下双肩，然后又含含糊糊地说道："奥尔洛夫，你记得吗？在《三次相会》里，夜深了，主人翁还在意大利的什么地方走着，忽然听见'偷偷想我，来我这儿吧'，这是很美妙的。"

彼卡尔斯基说道："不过她总不会硬要搬来和你同住，是你自己愿意这样。"

"还要怎么说啊！断不是我愿意这样的，我也想不到会发生这种事情。她说要来和我一块儿住的时候，我还以为她是在说笑呢。"

每个人都笑了。

奥尔洛夫用一种强辩的语气说道："我绝不希望发生这样的事情。我不是屠格涅夫书中的主人翁，假使我想拯救保加利亚，我也用不着带着女伴一起去。我本来把爱情当做我肉体的一种需要，相对我的精神方面是卑贱且敌对的。这种东西应审慎地满意，或完全地拒绝，不然它就会把许多不干净的因素带到一个人的生活里去。这是一种娱乐，不是一种苦恼，我极力想把这东西想得美丽些，用许多幻象来装扮它。如果不是事先就确切知道那个女人是美丽迷人的，我是不会去她那儿的。在我心境不佳的时候，我也不会去找她。所以我们能够互相欺骗，并且幻想我们正恋爱着、幸福着，也就是这样的情形罢了。因此我怎么会喜欢买什么铜锅，看到没梳整齐的头发？在我未洗脸或正在生气的时候，给别人看到我的样子？齐娜伊达心地单纯，想要我喜欢我避之唯恐不及的东西。她想要我的房子里有烧菜的气味；想要热热闹闹地搬进新房子里去，坐着自己的马车兜风；她想要照管我的衬衫，照顾我的身体；她想要时时刻刻干涉我的个人生活，时刻留意我的行踪；同时她又诚心诚意向我保证，不侵犯我的习惯和自由。她打定主意，我们应该像一对年轻新婚夫妇一般，出去度一个新婚蜜月——无论在火车上，还是在旅馆里，她都要时刻和我在一起，可是我却喜欢在旅途上看书，在火车上也不高兴谈话。"

彼卡尔斯基说道："你应当对她说明白。"

"什么！你觉得她会明白我吗？怎么可能，我们的思想是不同的。她认为一个人为所爱的人，离开自己的爸爸妈妈，或者舍弃自己的丈夫，这是高尚勇敢的品德。而我却觉得这种事情很幼稚。在她看来，和一个人恋爱，而且跑来找他，就是开始一个新生活。在我看来，这种事情简直是毫无意义。爱情和男人是她生活的核心，没有这两种东西，她的生活就没有意义。让她相信爱情不过是一种简单的肉体上的需要，好比人需要食物和衣服一样，是很难的。夫妇失和并不会导致世界末日，一个男子是一个贪酒好色的浪子，可能同时也是一个英杰和有荣誉的人。反过来说，一个人可以放弃爱情的快乐，或许他也可能是一个又颟顸又恶劣的畜生！如今的文明人，甚至在下等阶级里的——例如法国的工人，会消费十个苏[①]在吃饭上，五个苏在喝酒上，五个或者十个苏在妇人身上，自己却竭精殚力地工作。可是齐娜伊达为爱情付出的不是几个苏，而是她整个灵魂。我倒是可以跟她说明白，可是她就会痛哭起来，并且死乞白赖地说我毁了她，她活着也没有趣味了。"

彼卡尔斯基说："那就不要对她说任何话，只要另外给她安排一所房子，不就完了。"

"说得容易……"

大家都沉默了一会儿。

库库希金说："可是她很可爱，又很漂亮。这样的女人往往认为自己会永远在爱情里面，并且远离惨烈的悲剧。"

奥尔洛夫说："一个人的肩膀上总得有个脑袋，才可以理性地思考。从日常生活和无数小说、戏剧里获得的种种经验，都认证了一件事实：就是两个正常的男女，无论是私通或同居，起初的爱恋有多么深，他们的爱情都不会持续到两年以上，最多三年。所以搬家呀，杯碟呀，希望永远相爱呀，和睦呀，所有这些都不过是她对自己和我的愚弄罢了。她可爱又娇美——谁能否认呀？可是她把我的生活秩序打乱了。直到现在我还是认为琐碎无味的事情，她却强迫我当做一个重大的问题对待，我简直是在崇拜一个偶像。她是可爱又漂亮，可不知什么缘故，每当我回家的时候，总觉得心里不舒服，仿佛我会在家里遇见什么不方便的事情，比如工人要把火炉拆掉、再用砖头把那地方

---

① 法国旧辅币名。一个苏等于二十分之一法郎。

砌起来一般。说实在的，我为爱情付出的代价不是一个苏，而是我的一部分安宁和平静。这真是不幸。"

库库希金叹道："可惜她没听见这个流氓的话啊！"他好像演戏一样地继续说道，"可爱的先生，我愿意帮你摆脱这个累赘，让我来爱那个美人儿！我要从你这里夺走齐娜伊达！"

奥尔洛夫毫不经心地说道："你就夺去好了……"

库库希金尖声笑着，全身都摇起来，半分钟后说道：

"小心，我可不是开玩笑！事后你可不要扮演奥赛罗的角色啊！"

于是他们就谈起库库希金在情场上孜孜不倦的能力来了，讲他对于一般女人来说如何不可抵抗；对于一般丈夫来说怎么危险；又讲他在这种事情上造的孽，魔鬼要在下世里折磨他。只见他向上翻着眼皮，一言不发，直到他们说出许多他认识的女人的名字时，他就把他的小手指伸出来，警告——他们不应当揭发别人的隐私。

奥尔洛夫忽然看了一下他的表。

朋友们明白他的意思，都起身告辞。我还记得微醉的格鲁津困态不堪地不想出去。他穿上他那做得像穷人家的小孩穿的外衣。他把领子拉起来，开始讲起冗长的故事来。后来看没有人听他讲，他便把那带着乳臭的毯子披在肩上，带着惭愧和恳求的神情，求我帮忙寻找他的帽子。

他柔声说道："奥尔洛夫，我的天使。可爱的孩子，答应我的请求，一块儿到城外去吧！"

"你们能去，我却不能去了。现在我是一个已婚人啦。"

"她是一个可爱的人，绝不会生气的。我可爱的老大，一同去吧！天气非常的灿烂，有雪，又有霜……要我说，你要放松一下才好。你情绪不好，不知道你着了什么魔……"

奥尔洛夫伸了个懒腰，皱了一下眉毛，看着彼卡尔斯基。

他迟疑地说道："你去吗？"

"我不知道，说不定。"

奥尔洛夫迟疑了一会儿，说道："我会喝醉吗？好吧，我去就是了，等一会儿，我去取钱。"

他走到书房里，格鲁津拖着毯子，蹒跚地跟着走进去。一分钟后两人回到前厅。微醉而满足的格鲁津手中捏着一张十卢布的钞票。

他说："明天我们要商量一下。她很仁慈，绝不会生气的……她是我的左琪卡的教母，我喜欢她，可怜的人啊！"

他一边把前额压在彼卡尔斯基的背上，一边笑着说：

"啊，彼卡尔斯基，我的可爱的亲人啊！铁面无情的律师啊，可是我打赌他肯定也喜欢女人……"

奥尔洛夫一边穿上他的皮外衣，一边说："您得补充一句，他喜欢胖女人，我们出去吧，不然，我们说不定会在门口遇见她。"

格鲁津喃喃地说："偷偷地想我。"

最后他们乘车走了，那夜奥尔洛夫没在家里睡，直到第二天午饭的时候才回来。

（六）

齐娜伊达丢失了她的金表，那是以前她父亲送给她的。金表的丢失使她很震惊。她费了半天工夫走遍各个房间，查看了所有的桌子和窗台。可是那只表却依旧不见，消失得无影无踪。

金表丢失后过了三天，齐娜伊达进门后把她的钱袋遗忘在前厅里。我暗自庆幸那时候帮她脱外衣的人是波丽雅而不是我。等她发现钱袋不见了，寻找起来，前厅里的钱包已经找不到了。

齐娜伊达大惑不解地说道："奇怪，我明明记得我曾从衣袋取出钱袋来付钱给马夫……后来就把它放在镜子旁边了。真是古怪极了！"

我没有偷，可是我觉得这东西就是我偷的，并且被人发觉了似的。我甚至淌下了泪珠儿。他们下来吃饭的时候，齐娜伊达用法国话对奥尔洛夫说：

"房子里面似乎有鬼，今天我在前厅丢了钱袋，现在这东西却在我的桌子上。可是这些鬼的恶作剧不是没有私心的。他们取走一个金币和二十个卢布作为报酬。"

奥尔洛夫说："你常常遗失东西，起初是你的表，后来是钱袋……为什么这种事情永远不会发生在我身上呢？"

一分钟后，齐娜伊达已忘记了鬼怪所演的恶作剧，笑着讲她上礼拜定了一些信纸，不料忘了留新住址，纸铺便把信纸送到她的旧家里去，她的丈夫不得不付了十二个卢布。忽然间她把目光转到波丽雅身上，定睛看着她。这时候，她脸红起来，显得十分羞涩，赶紧谈起别的事情来。

我端着咖啡进书房的时候，奥尔洛夫正背向着火炉站在那里，齐娜伊达在圈椅中坐着，面向着他。

她用法国话说道："我根本不是发脾气。我想起把东西放在哪儿了，事情就全想明白了。我能说出她偷我表的日子和时刻。还有那个钱袋呢？那更是没有疑义了。"

她从我手中取过咖啡时，笑着说道："哦！现在我才明白，为什么我常常丢失我的手帕和手套。无论你说什么，明天我一定要辞退这只喜鹊，叫斯捷潘去把我的索菲雅找来。她可不是贼，生得也不像那副……丑样儿。"

"你现在正生气。明天心情就会不一样了，你就会知道，不能单单因为你怀疑别人，就把人辞退。"

齐娜伊达说道："这不是事实，这是事实。先前我是疑心你那满脸苦相、模样可怜的侍从，可我并没说什么。你不相信我，这可真是太糟糕啦。"

"无论什么事情，如果我们的看法不同，那并不等于说我不相信你。"奥尔洛夫转身把他的烟蒂丢进火星，"你或许是对的，可是无论如何，对于这事没有发怒的必要。说实在的，想不到我这下贱的家仆竟惹得你这么烦恼和气愤。你丢失一个金币不要紧——你只管向我要一百个去；可是要改变我的习惯，雇一个新的婢女，等她熟悉这个地方——凡此种种都是一件腻烦讨厌的事情，我可不喜欢这样。现在的这婢女确实是胖了一点，或许喜欢手套和手帕，可她做起事来却很得体、老练，库库希金拧她的时候，也不叫喊。"

"你的意思是说你舍不得和她分离？……为什么不这样说呢？"

"你嫉妒？"

齐娜伊达决然地说道："是的，我嫉妒。"

"谢谢你。"

她重复地说道："是的，我嫉妒。"接着泪珠儿在她的眼睛里闪了起来。她接着说道："不，比嫉妒更坏……我觉得很难给这个感觉找一个词。"她把两手压在额上，激动地往下说道，"不料你们男人竟这样可恶！这真可怕！"

"我看不出这有什么可怕的。"

"我没有亲眼看见过，我不知道，可是据说你们男人们从小就像小孩似的和婢女们厮混着，后来成了习惯，你们就不觉得厌恶了。我不知道，我不知道，可是我也从书上读过……"她向奥尔洛夫那走去，换了一种怜惜而恳求的声调说道："奥尔洛夫，当然你是对的，今天我是发脾气了，可是你应该明白，我不得如此。我讨厌她，怕她。一看见她，我就难受。"

"你能够站得比这些琐碎的事高一点吗？"奥尔洛夫说着，两肩一耸，从火炉那里走开了。他继续说道："没有比这个再简单的了，只要你不理会她，她就不会惹你讨厌了，你也不用因为一点小事就演一出戏啦。"

我走出书房，不知道奥尔洛夫听到什么样的回答，不管怎样，最后还是让波丽雅留下来了。从此以后无论什么事情，齐娜伊达都不叫她做，显然是不用波丽雅侍候了。波丽雅无论递给她什么东西，甚至镯声叮当、衣声沙沙地在她旁边经过的时候，她也会战栗起来。

我相信如果格鲁津或彼卡尔斯基请奥尔洛夫辞退波丽雅，他会不带任何迟疑、不劳半句解释地照着办了。他像所有的冷漠无情的人一般，很容易受人劝诱。可是在他和齐娜伊达的关系上，不知因为什么缘故，就算在琐碎的小事上，他也会表现得很固执，有时候是没有道理的。我事先就知道，如果齐娜伊达喜欢什么东西，那奥尔洛夫就一定不喜欢。她从商店回到家匆忙地把新买来的货物给奥尔洛夫看的时候，奥尔洛夫总是随便望一眼，然后冷淡地说房子里无关紧要的物件愈多，空气就愈少。有时候奥尔洛夫穿好衣服准备要去什么地方，对齐娜伊达也已说过了再见，最后却忽然变了心思，留在家不出去了。这纯粹是出于他那种刚愎的性格。我常常想，他那时候留在家里，不过是因为要让自己感到不幸罢了。

"你为什么又不出去了呢？"齐娜伊达故意脸带愁容说着，同时又开心得心花怒放。"你怎么啦？你习惯了傍晚不在家里的，我可不愿意你因为我的缘故而改变你的习惯。如果不想让我心里觉得罪过，那么还是照常出去吧。"

奥尔洛夫说道："没有人责备你呀。"

他带着一种受害者的神情，在书房里的安乐椅上一躺，用手遮着眼睛，拿起一本书来。可是不久那本书就从他的手中掉下，他在椅上重重地翻了一个身，又把两眼遮着，好像要挡住日光似的。那时候他却懊恼没有出去了。

齐娜伊达踌躇地走进书房，凑近着说道："我可以进来吗？你在看书吗？我独自一人觉得很闷，我只逗留一会儿……看看你。"

我记得有一天晚上，她也像这样走进来，神情踟蹰，伏倒在奥尔洛夫脚前的毯子上，从她那柔顺而羞涩的举动来看，她不了解他的性情，心中觉得很害怕。

她甜言奉承道："你老是看书……"显然她想拍拍他的马屁，"奥尔洛夫，你知道你成功的秘诀之一是什么？就是你非常聪明而且博学。你在看什么书呢？"

奥尔洛夫回答了她。两人静默了几分钟，我觉得这几分钟似乎非常长。我在客厅里站着，观察他们俩，担心自己咳嗽起来。

齐娜伊达说："有些事情我要告诉你。"说着她便笑了起来，"我可以说吗？可能你会笑我，说我自我陶醉。你知道怎么了吗？我心里想着，今夜你是为了我，才留在家里的……这样我们就可以一同消磨夜晚。对吗？我可以这样想吗？"

他掩着眼睛说道："想就是了，真正快乐的人不但想着实际存在的事情，而且也想着实际不存在的事情。"

"这是一段长句子，我不明白这句话的意思。你是说快乐的人生活在他们的想象里？对，这是真的。夜里我就是喜欢坐在你的书房里，让我的思绪把我远远地带去……有时候幻想真的很开心，奥尔洛夫，让我们来谈谈我们的幻想吧。"

"我从来没有读过女子学校，没有学过这门艺术。"

齐娜伊达抓着奥尔洛夫的手说道："你在生气？告诉我，因为什么。你这样的时候，我就害怕起来。不知道你是头痛，还是恼怒我？……"

他们又静默了好几分钟。

齐娜伊达柔声说道:"你怎么变了?你跟我在兹纳敏街的时候,总是十分温柔快活,现在为什么不像那样了?我和你相处差不多已有一个月了,可是我觉得我们仿佛还没有开始生活,还没有谈应当谈的事情。你总是用嘲笑的话来回答我,要不然就像教师似的,用一篇又冗长又冷酷的演说来回答我。而且你那嘲笑的话里也有一种冷冰冰的味道……你为什么不真诚地和我谈话呢?"

"我一直是在真诚地谈话。"

"好,那让我们谈谈。奥尔洛夫,看在上帝面上……谈吗?"

"可以啊,可是谈什么呢?"

齐娜伊达沉思后说道:"让我们谈谈我们的生活和前途。我为我们的生活筹划了方案,筹划了很久——我很想这样去实行!奥尔洛夫,我先提一个问题,你什么时候辞掉你的官职?"

奥尔洛夫把手从额上放下来,说道:"为什么?"

"有你那种见解的人,不能再留在政府里,你不适合那里。"

奥尔洛夫反复说道:"我的见解?我的见解吗?我是一个平常的官员,谢德林笔下的一个人物。我老实对你说,你误以为我是另外一种人了吧。"

"奥尔洛夫,你又在开玩笑啦!"

"一点儿也没有开玩笑,也许这个政府不如我的意,但无论如何,这工作总比别的工作好些。我习惯了,在那儿我会见到跟我一样的人,我在那里很合适,而且觉得很不错。"

"你讨厌这个政府,你讨厌做官。"

"是吗?假使我辞去我的官职,幻想到别的世界里去,那么你认为那个世界对于我,就会比这个政府要好吗?"

齐娜伊达说:"你是想用毁谤你自己来反对我吧?"她恼怒地立起身,"我很后悔开始这个谈话。"

"你为什么生气呢？我没有因为你不做官而生气啊。每个人都有他最喜欢的生活方式。"

齐娜伊达说道："怎么，你是在过你最喜欢的生活吗？"她很失望地拍着手，继续往下说道："你自由吗？把你的生命消耗在写那些违背你信念的公文上，奉承有势力的人，新年里给长官拜年，再就是斗纸牌。最坏的就是为你不喜欢的制度服务——不！奥尔洛夫，不！你不应该开玩笑。这真是可怕，你是一个有理想的人，你应该为你的理想工作。"

奥尔洛夫叹声道："你真的把我看成不同的人了。"

齐娜伊达流着泪说："你干脆说，你就是不愿意与我谈话。不喜欢我，就是这么回事。"

奥尔洛夫从他的椅子上坐起来，很惊讶地说："你看，亲爱的，你喜欢观察我，说我是一个聪明而博学的人，而教训一个博学的人，只会弄巧成拙。所有的理想，无论大的和小的，我都很明白，这是你附加给我的。所以倘若我宁喜欢政府和纸牌，而不喜欢那些理想，我是有很充分的理由的，这是其一；其二呢，你从来没有到政府里去过，这是我所知道的，而你对于政府的观念不过是从传闻和坏小说里得出来的。所以我们不妨约定以后不谈。我们已经知道，或者我们没资格探讨的事情。"

齐娜伊达仿佛受惊似的向后退去，她说："你为什么对我说这样的话呢？为什么呢？奥尔洛夫，看在上帝面上，想一想你所说的话吧！"

她的声音发抖而且不连贯，看得出她正极力忍住眼泪，可是忽然间哭了出来。

她伏身在奥尔洛夫的面前，把头枕在他的两膝上，说道："奥尔洛夫，我亲爱的，我要死啦！我好苦命呀，我疲惫极了。我不能忍受啦，不能再忍受啦……童年时，折磨我的是那可恨下贱的继母，后来是我的丈夫，现在是你……你！……你用冷淡和讥诮来对待我疯狂的爱情……"她哭着往下说，"还有那个可怕、骄横的仆人。对，对，我明白了，我不是你的妻子，也不是你朋友，而是你看不起的一个女人，只因我做了你的情妇……我要自杀！"

我没想到她的话和眼泪会给奥尔洛夫那么深刻的影响。他脸红了，很不安地在椅子上扭动着，脸上没有了讥诮的神情，却换了一种愚笨的和小学生一样惊慌的神情。

他摸着她的头发和肩膀，仓皇失措地说："我亲爱的，你误会我了，我恳求你，饶恕我，是我不对……我恨我自己。

"我的牢骚和诉苦侮辱了你……你是一个正直、宽宏大量的……世间少有的人——你的人品我随时都能感觉到。可是最近几天我觉得十分抑郁……"

齐娜伊达索性抱着奥尔洛夫不住地亲他的脸颊儿。

他说："只是你不要哭，好吗？"

"不哭，不哭了……我哭过了，现在好些了。"

他仍在椅子上很不安地扭动着，"至于那个仆人呢，明天就叫她走。"

"不，奥尔洛夫，她必须留着！你听见吗？现在我不怕她了……一个人应当包容琐碎的小事，不去胡思乱想。你对啦！你是天下少有的了不起的人啊！"

她很快就不哭了，眼睫毛上还带着闪闪的泪花。她坐在奥尔洛夫的膝上，用一种低沉的声音，说着一些动听的话，好像在回忆童年和少年时的事情。她抚摩他，亲吻他，细心地察看他那双套着戒指的手和他表链上的坠儿。她说得入了迷，由于抱着所爱的人而陶醉了，或者因为泪水把她的灵魂给净化了，使她的灵魂充满了生气。她的声音显得异常真诚。奥尔洛夫抚着她的棕色头发，默默地把她那双手放到嘴唇上亲吻着。

后来他们在书房里喝茶，齐娜伊达高声读了几封信。没过一会儿，他们就上床睡觉了。那天晚上我胸口痛得厉害，只觉身上冷得要命，所以直到夜深还不能睡着。我听见奥尔洛夫从卧房里出来，走进他的书房。大约在那里坐了一个钟头左右，他就按起铃来了。我因为病痛和疲惫，忘了所有的规矩和礼貌，一听见铃响，就穿着睡衣，赤着双足，走到他的书房里。我看见奥尔洛夫穿着便衣，戴着便帽正站在门口等我。

他厉声说道："叫你的时候，你应该穿好了衣服再来。拿几支新的蜡烛来！"

我正要道歉谢罪，突然张口大咳起来，我撑住门框，以免跌倒。

奥尔洛夫问："你病了吗？"

这是我们相识以来第一次他不用"上对下"的口吻对我说话——上帝知道是什么缘故。或者是因为我穿着睡衣，脸儿因咳嗽而歪扭着，看上去很可怜，很不像一个侍者吧。

他说："你若是有病，为什么还要做事呢？"

我回答道："这样我才不至于饿死。"

他走到他的桌子边，柔声说道："这些事情是多么糟糕呀！"我赶紧穿上外衣，把新的蜡烛点亮。他坐在桌子旁边，两脚伸在一只矮椅上，看起书来。我离开了，没有继续打扰他，那本书也没有像平时晚上那样从他手中掉下来。

（七）

我写到这里时，被从小在心里养成的一种恐惧感牵制住了，怕再写下去显得肉麻可笑。每当我想要对人亲热或说些温存话的时候，就会变得不知所措。正是这种恐惧心，加上缺乏经验使我不能清楚地了解那时候在我灵魂里起了什么样的变化。

我并没有爱上齐娜伊达，我对她怀着常人所固有的那种普普通通的人类感情，包含着激情、活力和乐趣，远胜过奥尔洛夫的爱情。

早晨，当我在擦鞋子或者打扫屋子的时候，我总是屏住呼吸，期待着怕听见她的说话声和脚步声。我站在那里看她喝咖啡，然后吃点心。她走到，我就递给她皮衣。我把套鞋穿到她那双小脚上，她便把手放在我的肩膀上。过后，我盼着看门人按铃叫我，我便跑到门口迎她，看见她脸上落着雪花，冻得发红，身上带着寒气，听她对寒霜或车夫发出短促的惊叹语——真希望你知道我对于这所有的事情有多在乎！我渴望恋爱，有属于自己的妻子和儿女。我希望我未来的妻子正好有这样的容貌、这样的说话声。我在吃饭的时候，有差事出去的时候，在街上行走的时候，夜晚躺在床上醒着的时候，我就幻想着这事。奥尔洛夫怀着厌恶之心，抛掉儿女、厨事、铜锅和女人的衣物，我却把这些都搜集起来，珍藏在我的幻想里，爱它们，请求命运把它们赐给我。我的心中仿佛已经看见了妻子、育儿室、小房子，还有花园的路径……

我想即使我爱上她了，也不敢指望她同样爱我，可是这种思想却不曾使我烦恼。在我那平常、纯洁的情感里，并没有嫉妒奥尔洛夫，就连羡慕他的心也没有，因为我知道像我这样病重虚弱的人，只能在幻梦里寻找幸福了。

齐娜伊达为她的奥尔洛夫一夜一夜地坐着，呆望着一本书，却不曾翻过一页。每当波丽雅走过那屋子时，她就不由得战栗，脸色变得灰白起来。每当这个时候，我就跟着她一起难受，心里萌生了一个念头，想让她知道礼拜四晚餐席上奥尔洛夫等人所讲的话，迅速地把这个恼人的脓疮一刀割开。可是，要怎样做呢？我愈来愈频繁地看到她落泪。开头几个礼拜，即使奥尔洛夫不在家里，她也笑容满面，乐不可支，可是到了第二个月，我们的房子里便充满了一种悲哀、沉默的气氛，只有在礼拜四的晚上才热闹一下。

她依然讨好奥尔洛夫，为了他的一声假笑或一个吻，她甘愿跪在他面前，好像一只摇尾乞怜的狗。即使在她最沉闷的时候，经过一面镜子，她也会情不自禁照一照，顺手掠掠细发。我觉得很奇怪，她在服饰上仍然兴趣不减，而且对买回来的东西高兴不已。这似乎和她真诚的忧愁有点不相称。她很注意时尚，定做了许多昂贵的衣服。为什么呢？穿给谁看呢？我特别记得有一套衣服价值四百卢布之多。为一套不必要的、没有用处的衣服，竟拿出四百个卢布来！而一般女人做一天的苦工也只不过得二十个戈比；威尼斯和布鲁塞尔的花边工人，一天也只有半个法郎的工资，想必是商人用不道德的方法把其余的钱赚去啦。我觉得特别奇怪，齐娜伊达竟不明白这一点，使我非常恼怒。可是，只要她一出去，我就又原谅了她，替她找各种借口和解释，并期待开门人来按铃叫我。

她对待我的态度就是对待一个侍者或下等人的态度。一个人可以摩挲一只狗的同时，也可以不注意到这只狗。大人命令我，问我问题，可是他们却不理会我的在场。主人和主妇都认为，跟我说话比对平常一般仆人多，是不相宜的。如果我在侍候他们吃饭时，笑了一声，或者在他们的谈话间插了一句话，那么他们一定会认为我发疯了，就会把我辞退了。齐娜伊达很喜欢叫我做事。她差我去干什么事情，或者对我说明怎样使用新式灯这类事情时，她脸上的表情就会异常的喜悦、温柔和诚恳，眼光也直直地看着我的脸。在这种时候，我常常幻想她是在想着我的恩惠——从前我时常到兹纳敏街去送信给她。当她按铃的时候，那个认为我是齐娜伊达宠爱的人，因此而恨我的波丽雅常常带着一种讥嘲的笑容说道：

"去吧，你的女主人需要你了。"

齐娜伊达认为我是个下等人，不会想到其实她在这所住宅里处在一个卑下的地位。她并不知道我这个侍者因为她的缘故而不快乐，并且常常在一天里问自己二十多次，在前面等待她的是什么，这事会怎样了结。事情在一天天地坏下去。自从那夜他们谈到官员的工作之后，奥尔洛夫不能忍受眼泪和哭声，就开始躲避着不和她谈话了。每当齐娜伊达开始跟他争执或者恳求他，或者似乎要哭出来的时候，他就找一个诡诈的借口，退到他的书房里，或者索性外出了。奥尔洛夫在家里过夜的日子愈来愈少，在家里吃饭的时候也愈来愈少了。礼拜四的时候，他总对他的朋友们提议出去玩。齐娜伊达却仍在那里梦想着在家里开伙食，迁居到一处新房子里，去外国旅游……可是她的梦想却仍只是梦想，绝不会成为现实。饭食依旧是从饭店里送来，奥尔洛夫请求她不要再提迁居的事，等到他们从外国旅行回来后再说，至于他们的外国旅行呢，他却说一时还不能去，要等到他的头发长了再说，因为一个人不留长头发，便不能往来于旅馆之间，肆意地游玩。

另外，奥尔洛夫不在家的时候，库库希金却经常造访，他的行为并没有什么特别的，可是我永远不会忘记那次谈话，他竟说要从奥尔洛夫手里把齐娜伊达抢到手。他喝足了茶和红酒，嘻嘻地笑着，思索着说些讨好的话，他宣称，自由的结合从各方面看，都比法定的婚姻更高尚，世上所有高雅的人都应当来到齐娜伊达这里，拜倒在她的裙下。

（八）

圣诞节过得冷冷清清，隐隐透露了不祥的兆头。除夕早晨，奥尔洛夫在早餐时说他被派去协助一个在某省视察工作的议员。

他郁闷地说："我不愿意去，可是又想不出借口。只好去一趟了，没有办法呀。"

这个消息让齐娜伊达的眼睛立即红起来了。

她问："要去很久吗?"

"大概五天。"

她想了一会儿后，说道："我倒是希望你出去走一趟。顺便可以散散心。或许在路上你会爱上别人，日后也可以把这事说给我听听。"

她每时每刻都极力地想使奥尔洛夫觉得，她无论如何都不会束缚他的自由，他可以做他喜欢的事情，然而这一眼让人看穿的做法骗不了任何人，反倒提醒了奥尔洛夫，自己是不自由的。

"我今晚就要走。"他说完，就看起报纸来了。

齐娜伊达要送他到车站去，可是他劝住她，说他不是去美洲，也不是要去五年，只是五天而已，说不定还不到五天，就回来了。

七点多，他们告别了。他用一条臂膀搂住她，在她的嘴唇和额头上亲吻。

他说："你在家里乖乖的，我在外面，不要担心。"他用一种温和恩爱的声调说这句话，就连我听了也不免动容。他又说道："上帝保佑你!"

她恋恋不舍地看着他，好把他那亲切的容貌深深地印在她的脑海里，于是她温存地用双臂搂着他的头颈，把头靠在他的胸前。

"你要原谅之前我们之间的那些误会和争吵，没有不吵架的恩爱夫妻。我疯狂地爱着你，不要忘了我，经常发电报回来，写得详细些。"她用法国话说。

奥尔洛夫亲了她一下，然后一语不发、仓皇地走出去了。当听见关门时"咔嗒"的门锁响声时，他迟疑不决地静立在楼梯中间，向上观望。在我看来，如果那时候上面发出了一点声音，他就会转身回去的。可是那时万籁俱寂。于是他把外衣一抖，快速地走下楼了。

两辆雪车已经在门前等了很久。奥尔洛夫坐上一辆，我带着两个旅行皮箱坐上另一辆。那时候正下着严霜，我们向前疾驰，冷风吹来，刺痛我的脸儿和双手，让我喘不过气来。我闭着两眼睛，想着她是一个多么出色的女人。她多么爱他啊！现在，就连院中的废物也有人来收去作他用，破碎的玻璃也被视为一种有价值的物品。可是，这样一个美丽、年轻、聪明，而且善良的女人的爱情，这样珍贵少有的东西，却被彻底地抛弃和荒废。从前有一个社会学家认为，各种卑劣的情感，只要合理地调整，就能成为正面的能量。然而我们这儿呢，即使有优美高尚的情感，也会任它自生自灭，误解和鄙视使它变为无用之物。这是什么缘故呢？

不料雪车突然停住了。我放眼一看，只见我们停在了谢尔吉耶夫街上彼卡尔斯基住宅旁边。奥尔洛夫下车走进门去。五分钟后，彼卡尔斯基的侍者光着脑袋，冒着严寒，生气地走出来对我大声喝道：

"你聋了吗？付钱给车夫，到楼上来，主人叫你！"

我茫然走上二楼。以前我曾来过彼卡尔斯基的住宅里，站在前厅，看着会客室里的圆架、古铜器和贵重的器具，熠熠生辉，光彩夺目。在经过阴沉幽晦的街道之后，这种灿烂的光景使我心惊目眩。今天，在这华丽煊赫之中，我看见了格鲁津、库库希金，过了一会儿又看见了奥尔洛夫。

他走到我跟前说道："斯捷潘，听着，我要在这儿逗留到礼拜五或者礼拜六。假如有什么信件或电报，就送到这儿来。回到家里，你自然要说我走了，并且问她好。现在你可以回去了。"

当我到家的时候，齐娜伊达正在会客室里，躺在沙发上吃梨。烛台上只有一支蜡烛点燃着。

齐娜伊达问道："你们赶上火车没有？"

"太太，赶上了，大人叫我向您问好。"

我回到我的房间，躺下来。我没有事情可做，也不想看书。我不觉得惊异，更不觉得恼怒。只是绞尽脑汁地琢磨，这种骗局到底有何意义？这不过是十几岁的少年欺骗情人的举动罢了。一个有思想、阅书无数的人，竟想不到一些更明智的办法来，这是怎么回事呢？老实说对于他的才智断没有轻视的意思。我相信，如果他要欺骗长官或其他有权势的人，他就会用更多的心思和精力。可是要诓骗一个女人，随便想出一个主意就好了，不必花什么心思。如果这个骗局成功，那就更好啦；如果不成功，也不要紧，他能简单迅速地捏造别的谎话，丝毫不费什么精力。午夜，楼上的人们在移动着椅子，发出欢呼声，庆祝新年的时候，齐娜伊达在书房里按铃唤我。由于她躺得太久，显得很疲惫，此刻坐在桌子旁，不知在一张纸上写些什么。

她微笑着说道："我要发一个电报，你赶快到火车站，麻烦他们把这电报发出去。"

我走到街上，把那张纸打开一看，上面写着：

"恭贺新年！祈速回电，君去，妾闷甚。一刻似隔三秋。只恨电中不能送君千吻和妾心。我爱，请自乐——齐娜伊达。"

我把电报发出去了，次早便把收条给她。

（九）

最坏的是奥尔洛夫让波丽雅也知晓了他那骗局的秘密，他居然叫她把他的短衫送到谢尔吉耶夫街去。从此以后，她便带着幸灾乐祸的神情和我所不懂的恨意看着齐娜伊达，并且老是在她自己的屋子和前厅自鸣得意，抿着嘴轻声笑。

她眉开颜笑地说："她白拍了他的马屁，该是她给我滚开的时候了！她应该有自知之明……"

她早已预测到齐娜伊达不会和我们长久相处，所以不放过任何机会，见什么拿什么——香水、发针、手帕、鞋子，全都被她偷去了！元旦的次日，齐娜伊达把我叫到她的屋子里，低声告诉我，她不见了一件黑色的衣服。后来她在各个房间走来走去，脸色苍白，露出吃惊和恼怒的神色，自言自语说道：

"这太奇怪啦！太奇怪啦！从来没有见过这么不像话的！"

吃饭的时候她想舀汤喝，可是却舀不到，因为她那双手正在颤抖。她的嘴唇也在颤抖。她尴尬地看着汤和馅饼，等着她的颤抖停止。忽然她忍不住看着波丽雅。

她说："波丽雅，你可以走了。斯捷潘在这里就够了。"

波丽雅答道："没事，太太，我可以站着。"

齐娜伊达大怒，站起来继续往下说道："你没有留下的必要，你给我滚！你不妨去别的地方做事！你立刻就走！"

"没有大人的命令我不能走，我是他雇来的，我应当听他的命令。"

"你也得服从我的命令，我是这儿的女主人！"齐娜伊达脸涨得通红。

"就算你是女主人，那也只有大人才能够辞退我，是他雇我的。"

齐娜伊达嚷道："你不要在这儿多留一分钟！"她用刀子敲着碟子："你是贼！听见没有？"

齐娜伊达把她的饭巾掷在桌上，看上去既可怜又痛苦，她快步走出了屋子。波丽雅放声大哭，嘴里嘟嘟哝哝也走开了。不知什么原因，桌上放着的饭馆做的佳肴美味，看上去仿佛都像是波丽雅似的，缺斤少两的，而且一副贼相。碟子上的两个馅饼，似乎现出特别忧愁和难过的神情，仿佛在说："今天我们要被送回饭馆里去，明天又将把我们放桌上，不知请哪个官员或著名的歌星吃哩。"

波丽雅的屋里传出她的说话声："好神气的女人，真是不得了。我要是想，早就能做这样的女人了，可是我还知道自重啊！我倒要看看我们两人谁先走！"

齐娜伊达按了铃，她正坐在屋子的角隅里，看那神情仿佛像罚她站在那里受训似的。

她问："没有来电报吗？"

"没有，太太。"

她说："问问看门人，或者有个电报也说不定。"她又嘱咐我，"不要出去，我害怕独自一个人在家里。"

此后差不多每到整点，我就要跑下去询问看门人有没有电报。我必须承认，这是一段可怕的时光。为了避免看见波丽雅，齐娜伊达在自己的屋子里吃饭、喝茶。睡觉也在那里，她把一张半月形的短沙发当床，自己亲手整理床被。先前几天是我发的电报，可是因为总是没有得着回音，她就不信任我，亲自去发了。我看着她的样子，也急不可耐地盼望有电报来。我希望奥尔洛夫既设下骗局，好歹安排一下，拍个电报给她。如果他太专心在纸牌上，或者被别的妇人所诱惑，那么我想格鲁津和库库希金应该会提醒他，使他想起我们来。可是我们的希望落空了。每天我都要到齐娜伊达那里去四五次，想把真情告诉她，可是她的眼睛露出可怜的神情，就像一只小鹿儿的眼睛，肩膀耷拉着，嘴唇也在颤动着，于是我一句话也没说，走开了。怜惜和同情把我所有的勇气全都夺去了。波丽雅倒是很高兴，仿佛什么事情也没有发生，兀自在那里收拾主人的书房和卧室，在碗碟柜里搜东寻西，使瓷器叮叮当当地作响。当她经过齐娜伊达的门口时，她就故意咳嗽，哼小曲。她很高兴，女主人躲避着不敢见她。晚上她常常出去，不知到什么地方，半夜两三点钟时，才回来按铃，我便不得不给她开门，还要听她责备我的咳嗽。紧接着又听见一声铃响，我立刻跑到书房隔壁的屋子里，齐娜伊达探出头来问："谁按铃呢？"她的眼光盯在我的手上，看我是否拿着电报。

最后在礼拜六那天，楼下铃声响了，她听到楼梯上传来熟悉的脚步声，大喜过望，竟然哭了起来。她奔过去迎接奥尔洛夫，拥抱他，在他的胸前和袖上亲着，说了些别人听不懂的话。看门人把两只旅行箱搬上来，波丽雅快活的说话声也传来了。这种情景就像是有什么人放假回家一样。

齐娜伊达乐得气都喘不过来了，她问："你为什么不发电报呢？这是怎么回事？我忧郁极了，真不知道我是怎么度过的……哦，我的上帝啊！"

奥尔洛夫说："这很简单！第一天我就和那位议员到莫斯科去了，所以没有给你发电报。亲爱的，饭后再把我的事情详细地讲给你听，我现在要好好地睡一会儿……这次行程让我很疲惫。"

他显然是一夜没睡，可能没日没夜地在痛快斗牌和喝酒也未可知哩。齐娜伊达把他扶上床睡觉，那一整天我们都用脚尖走路。午饭吃得很顺利，可是当他们走进书房喝咖啡的时候，聊天就开始了。

齐娜伊达用一种低沉的声音对他讲些什么事情，说的是法国话，那些话好像河流潺潺地流出来。后来便听见奥尔洛夫大声叹了一口气。

奥尔洛夫用法国话说道："我的上帝啊！除了那女仆的坏话和没完没了的琐事，你就没有一些新鲜的事情告诉我吗？"

"亲爱的，可是她偷我的东西，并且顶撞我。"

"可是她为什么不偷我的东西，不对我说顶撞的话呢？为什么我就从来不去理会什么婢女、看门人或侍者呢？亲爱的，你简直太任性、太反复不定了……我可真要怀疑，你是不是怀孕了。当我提议让她走的时候，你却要她留下，现在你又想把她赶走。照这情形看来，我也可以固执一下，你要她走，可是我偏要留着她，这是治好你神经的唯一方法。"

齐娜伊达惊恐地说："哦，好吧，好吧，我们不要再多说这事了……明天再说吧……现在告诉我你在莫斯科的事情吧……莫斯科怎么样？"

（十）

第二天是施洗者约翰的纪念日———月七日，饭后奥尔洛夫穿上他那件黑礼服，戴上勋章，准备去他父亲那儿祝贺他的命名纪念日。他得在两点钟出门，可是等他穿着整齐的时候，才一点半。还有半个小时他做什么呢？他在会客室里走来走去，朗诵年幼时曾对父母念过的贺词。

齐娜伊达刚从裁缝铺或商店回来，正带着笑容听他念。我不知道他们的对话是怎么开始的，可是当我给奥尔洛夫送手套的时候，他正站在她面前，脸上带着固执、恳求的表情说道：

"看在上帝的面上，看在一切神圣事物的面上，请不要再讲那些人人都知道的事情！我们这般有知识和思想的女人不幸地有一种才能，就是热忱地带着一副深通博达的神情，讲那些连小学生都听烦了的事情！啊，真希望你把这所有严肃的问题都从我们夫妇的生活里清除！那我该多么感激你啊！"

"我们女人就不可以有自己的见解。"

"我给你充分的自由，随你怎么坚持看法都是你的自由。可是请你让我一步，不要在我面前提两个话题：一个是上等阶级的腐败；一个是婚姻制度的罪恶。你要明白我的意思才好。上等阶级与农民、工人、商人、僧侣、各式各样的西多尔和尼基达派等等的世界比较起来，前者总是被人骂，这两种阶级都是我所深恶痛绝的，可是假使一定要我诚心在两者之间选择，那么我就会毫不迟疑地选择上等阶级，这可不是什么做假和装腔作势，因为我所有的嗜好跟他们一致。我们的世界是平凡而空虚的，可是无论如何，我们至少会流利地说法国话，看书报，即使在我们争吵得最激烈时候，也不会彼此揪打起来，然而各式各样的西多尔和尼基达，以及他们在商业上的崇拜者等，却说什么'包管中你的意啦''现如今''瞎了你的眼'之类的话，并且表现出下等酒肆里的习气，还有搞迷信。"

"是农夫和工人在养活你。"

"是的，可是这有什么呢？这不但是我的不光彩，而且也是他们的不光彩。他们养活我，却要对我脱帽致敬，可见他们是没有智慧和尊严的，所以才这么做。无论什么人我都不责备或夸奖，我只是想说上等阶级和下等阶级的坏处正相仿。我的感情和观念对于二者都是反对的，可是我的嗜好却多在上等阶级里。"

奥尔洛夫看了一下表，继续说道："好吧，现在再说说婚姻的罪恶。你应该明白这种制度本身并没有什么罪恶，所有的恶源都来源于人们在婚姻中要求太多。你所希望得到的是什么呢？无论是合法或不合法的共同生活，还是各种好的或坏的结合和同居，本质都是一样的。你们女人只为这种本质而生活，在你们看来这就是全部。你们觉得生活若缺了它，就没有意义了。除了这个你们不需要别的，而你们却也真得到了这个。可是自从你们读了许多小说以后，就觉得不好意思要它了。于是你们便不停地奔来跑去，毫不思索地变换男人，为了证明这种胡闹是正当的，你们就说起了婚姻的罪恶。既然你们不能又不愿丢掉那个本质的东西，你们主要的敌人和魔鬼，既然你们还是奴颜婢膝地服侍它，试问，怎么可能严肃地讨论这件事情呢？你对我说的各种事情，都是虚妄的废话，我不相信你了。"

我去问看门人车子有没有来。当我回来的时候，发现他们的谈话已经变成了争吵。就像水手们说的，狂风巨浪已经汹涌起来了。

齐娜伊达悲愤填膺，激动地在客厅里来回走着，她说："我知道今天你要用那种轻傲的气势来恐吓我。听你说话真使我难受。我在上帝和人们面前是很纯洁的，没有什么可忏悔的事情。另外我舍弃了我的丈夫到你这里来，我为这件事情骄傲。我起誓，以我的名誉和体面担保，我为这件事情而骄傲！"

"好，这就对啦！"

"假如你是一个诚实的正派人，那么你也应当为我所做的事情而感到骄傲。这事简直把你我抬高，超过了成千上万人的水平。一般人纵然也想照我这样做，却因为胆怯和忌惮，而不敢做。然而你并不是一个正派人。你怕自由，嘲笑真情的告白，因为怕愚蠢的人怀疑你不是正人君子，你不敢把我引见给你的朋友们，你认为和我一块儿在街上行走是最痛苦的事情……不是吗？为什么都到这时候了，你还不把我介绍给你父亲和你表兄呢？这是为什么？"齐娜伊达顿足嚷道，"不，我很在意这事。我想要得到我的权利，请你带我去见你的父亲。"

"如果你想要认识他，你自己去见他好了。他每天上午十点到十点半接见客人。"

齐娜伊达失望地绞着手说："你多么卑鄙啊！即使你说这话不是出于真心，你心里并不这样想，我也要为你的残忍而痛恨你。哦，你多么卑鄙呀！"

"我们老在兜圈子，想来就没说到真正的主题上去。主题就是你做了一件错事，而不愿直爽地认错。你认为我是一个英雄，有非同寻常的理想和意志，其实我只是一个极其平常的官员，一个斗牌的赌棍，而且对任何的理想都不抱有偏好。你从腐朽的世界里跑出来，因为你难以忍受那里的琐碎和空虚，而我却是这个世界最合适的代表。请你承认这事，并且冷静下来好好想想，不要迁怒于我，因为这是你的错，而不是我的。"

"是，我承认我错了。"

"好，这就对了。感谢上帝，我们终于说到主题上了。现在你若高兴，就再听我说几句，我绝不可能上升到你的水平，因为我太坏了，你也不能下降到我的水平来，因为你太尊贵了，所以只有一个办法……"

齐娜伊达急忙问道："什么办法？"只见她屏着气息，面色忽然白得像一张纸。

"只能让逻辑来帮助我们……"

齐娜伊达忽然改用俄国话声音颤抖地说道："奥尔洛夫，你为什么要为难我呢？你应该明白我的苦处……"

奥尔洛夫怕她流泪，慌忙走进他的书房，随手就把门锁上了。我不知道这是为什么——是他想让她更加痛苦呢，还是他回忆起了人们在这种情境里都是这么做的。她大叫一声，跟在他后面追上去，衣裙沙沙作响。

她敲着门问道："这是什么意思？"她因愤怒而变得尖细："这……这是什么意思？啊！原来你是这样的人啊！那么让我告诉你，我恨你，看不起你！现在我们之间完了！全完了！"

我听见凄惨的哭声夹杂着哈哈大笑声。会客厅里不知什么东西掉下来摔破了。奥尔洛夫从别扇门溜进前厅，慌慌张张地环顾四周，赶紧穿上大衣，匆匆走出去了。

过了半个小时、一个小时，齐娜伊达仍在那里哭个不停。我记得她没有父母，也没有亲戚，她在这儿同一个她所恨的男人和偷她东西的波丽雅一块儿生活着——在我看来她的生活是多么凄凉呀！我不知道为什么，我走进会客厅看她。她软弱无力，加上一头可爱的柔发，看上去宛如娇弱秀美的典范。她悲痛极了，像是害了病。她躺在一张卧榻上，蒙着脸儿，身体战栗着。

我柔声问道："太太，我去请一位医生来好不好？"

"不，没有请医生的必要……没什么。"她用那双泪痕狼藉的眼睛看着我说，"我有一点儿头痛……谢谢你。"

我走了出去，到了晚上她一封一封地写起信来，先是叫我到彼卡尔斯基那里去，然后到格鲁津那里，再到库库希金那里，最后干脆叫我随便送到哪里，只要能够找到奥尔洛夫，把信给他就行。每次我带着原信回来，她就责骂我、恳求我，把钱扔在我手中，仿佛害了热病似的。那一整晚她都没有睡觉，坐在会客厅里自言自语。

奥尔洛夫第二天回来吃饭，他们也就言归于好了。

此后的第一个礼拜四，奥尔洛夫对他的朋友们诉说起他所过的那种不堪忍受的生活。他吸了很多烟，气愤地说道：

"这完全不是生活，简直是受罪。眼泪、哭声、文绉绉的谈话，之后又乞求、饶恕，接着又是眼泪和哭号，反正我现在没有自己的家了。苦恼极了，也弄得她苦恼极了。我不会是还要再像这样过一个或两个月吧。不会还要吧？可不是嘛，大有可能呢！"

彼卡尔斯基说道："那你为什么不说呢？"

"我努力说过，可是怎么都说不好。对一个独立、理性的人，无论什么真话都可以说，可是在这种情形里，却不得不敷衍，因为你面对的是一个缺乏意志、没有个性、不明事理的人。我受不了眼泪。她一哭，我就没有办法了，宁愿发誓我永远爱她，而且我自己也会哭起来。"

彼卡尔斯基不明白，他琢磨着，搔着他那宽阔的前额说道：

"你不如另外给她租所房子住呢，这很简单啊！"

奥尔洛夫说道："她想要的是我,不是房子。"他叹了口气后说道,"可是谈这些有什么意义呢?我只听见滔滔不绝的谈话,却没有可以脱离我这境况的方法。这才是无辜受罪。我不是香菌,却被弄进了筐子①。英雄这个东西是我永远都不会去做的。我素来不能忍受屠格涅夫的小说。现在忽然间跟我开玩笑似的,在我身上加上了英雄气概。我以名誉做担保告诉她,我根本就不是一个什么英雄,我引用了种种无可辩驳的证据,可是她却不相信我。她为什么不相信我呢?大概我真的有点儿英雄气概吧。"

库库希金笑着说道:"你去外省视察好了。"

"对,这也是我目前唯一的方法了。"

这次谈话后过了一个礼拜,奥尔洛夫宣布他又被派去跟随那个议员出差,当夜就带着旅行箱,到彼卡尔斯基那里去了。

(十一)

一个六十岁左右的老人,穿着一件长得拖到地上的皮衣,戴着一顶海狸帽子,站在门口。

他问:"盖奥尔季·伊凡内奇在家吗?"

起初我以为是放账的人,格鲁津的债主之一,因为他们常常到奥尔洛夫这里来讨零星债款。可是当他走进前厅,解开他的大衣的时候,我看见了他那浓厚的眉毛和紧闭的双唇(这是我在相片上已经看熟的),还有制服上的两排金星,我认出他了——他是奥尔洛夫的父亲,那个有名的政治家。

---

① 俄国有一句谚语:"你既是香菌,就该钻进筐里。"意思是"你既然着手干一件事情,就该承担起责任"。

我回答说奥尔洛夫不在家，老人紧闭双唇，思索着向旁边瞧，我就看到他那消瘦而没牙的侧脸。

他说："我留下一张字条，带我到里面去。"

他把套鞋留在前厅，没有脱去他那又长又重的皮衣，便走进了书房。他在桌子前坐下，在拿起笔之前，思索了三分钟光景，像是用手遮蔽日光似的掩着双目——就像他儿子生气时的神情。他的脸上露出一种忧愁和沉静的神情，这种神情只有在信仰宗教的人和老人的脸上才会看见。我站在他身后，看着他那秃秃的脑袋和颈背上的凹处。对我来说，有一件事像白昼那样明白，现在这个老头儿已在我的控制之中了。房子里除了我的敌人和我以外，就没有别人了。显然，我只要用一点儿武力就能结束他的性命，然后我再拿走他的怀表，以掩盖我的目的，再从后门逃出去。那样，我所得到的就多于我当初屈尊做侍者时所能指望的万倍了。我想，我可能再也得不到比这次更好的机会啦。可我并没有行动，而是十分淡漠地看着他那光秃秃的脑袋和他的皮衣，静静地想着这个人和他那独生子的关系，想着这种衣食无忧的人应该是希望能活很久……

他一边在纸上写着很大的字，一边问道："你在我儿子这里工作多长时间了？"

"三个月左右，大人。"

他写完信就站了起来。我还是有机会的，我催迫自己，握紧了双拳，极力地从我的灵魂里挤出以前仇恨他的痕迹来。我记得前段时间，我对他还怀有何等激烈、执著的仇恨……可是在一块碎石上划出火来是很难的。那副忧容可掬的老脸儿和那冷光四射的金星竟在我心中引起了庸俗的、没有价值的、不必要的思想——认为世上的各种事情都是昙花一现，而且他的死期也已临近……

老人说："再见。"他戴上帽子，走了出去。

无疑，我的内心发生了变化，我已变得和以前不同了。为了观察自己，我回想起了往事，可是我立即就觉得很不安，仿佛偶然看到了一个阴沉幽暗的角隅。我回忆起了我的同伴和朋友，我第一个念头就是：如果我遇见他们中的其中一个人，那我一定会脸红，惭愧得无地自容。现在我是什么样的人？我得想一想，要做什么事？要到什么地方去？我活着是为了什么？

　　我什么都弄不明白。我只知道一件事情——就是我应该立刻收拾好我的东西离开这儿。在老人没来之前，我的侍者生涯还有意义，现在却是荒谬的。泪珠儿慢慢落在我那开着的旅行箱上，我感觉到撕心裂肺的悲痛，可是我多么想活着啊！我希望把人类各种可能发生的事情全都容纳和包含在我那短促的一生里。我想在大的工厂里工作，想读书，也想在军舰上站岗，想种田。我想看涅瓦大街的风景，想看海洋和原野，想去我幻想到的各种地方。当齐娜伊达回来的时候，我跑去给她开门，带着特别的温情脱去她的皮外衣。这是最后一次了！

　　那天除老人以外，还有两个客人来过。傍晚，天色已经完全暗下来，格鲁津来替奥尔洛夫取文件。他拉开桌子的抽屉，取了需要的文件，卷起来，叫我把它们放在前厅里他的帽子旁边，他自己去见齐娜伊达了。她正躺在会客厅里一张沙发上，脑袋枕在她的手上。自从奥尔洛夫出去旅行视察以来，已经过去五六天了。没有人知道他什么时候回来，可是这次她却不发电报，也不盼望来电了。波丽雅仍然和我们住在一起，她却似乎不注意这个仆人了。"随便她吧"，这是我在她那冷淡而且十分苍白的脸上看出来的意思。她像奥尔洛夫似的，使出犟脾气，一心想让自己更加不快乐。她故意恨自己和世上所有事物，在沙发上连续躺了好几天，什么事情都不做，只盼着自己的灾难来临。或许她正在那里想着等奥尔洛夫回来，免不了争吵；想着他对她的冷淡变心；想着他们如何分手的情形；或许这些悲观的想法能使她畅快也未可知呢。可是如果她知道了真实的事情，那她会说什么呢？

格鲁津向她问好，亲着她的手，说道："教母，我爱你，你是多么的仁爱！"他说谎道："奥尔洛夫离开了，这个坏人他离开了！"

他叹了一声坐下来，轻轻地摸着她的手。

他说："亲爱的，让我和你一块儿消遣一会儿吧，我不想回家，这时候到比尔肖夫家去又嫌太早了，今天比尔肖夫家里正给他们的凯西亚做生日，她是个很好的小孩！"

我给他端来一杯茶和一瓶白兰地。他明显露出不乐意的神情，慢慢地喝着那杯茶，然后把杯子还给我，胆怯地问：

"我的朋友，你能够给我……什么东西吃吗？我还没有吃饭呢。"

我们家里没有什么吃的东西，所以我就到饭馆里买了一份一卢布的普通饭菜。

他对齐娜伊达说："亲爱的，祝你身体健康！"他把烧酒一饮而尽后又说道："我的小女儿，也就是你的教女，让我向你问声好。可怜的孩子啊！她得了病。"他叹道："啊，女儿，女儿！教母，无论你说什么，做一个父亲是很有意思的。奥尔洛夫不能明白这种情感。"

他又喝了一点酒。他面色灰白，身体倾斜，胸前系的一块餐巾仿佛小孩子的涎布一般。他大吞大嚼着，像一个小孩似的，看看齐娜伊达，又看看我。看那样子，如果我不给他松鸡和果酱，他就要哭起来似的。他吃饱后，就活泼起来了，开始有说有笑地讲起比尔肖夫家里的事。可是他觉察到这很无趣，齐娜伊达没有笑，他就停止不讲了，于是忽然间气氛冷清。吃完了饭后，他们坐在只点了一盏灯的会客厅里，并不说话。他不想对她说谎话，她想问他一些事情，最终还是没有开口。过了半个钟头，格鲁津掏出表来看了一下，说道：

"我想我该走了。"

"不多留一会儿吗……我们应当谈一下。"

他们又沉默了。他在钢琴边坐下，只听当的一声，他在一个键上按了一下，然后弹起来，轻轻地唱道："孰知来日之事兮，我将何如？"他仍像往常一样忽然站起身来，摇晃着他的脑袋。

齐娜伊达请求他："弹一曲吧。"

他耸肩问道："弹什么呢？曲谱我都忘掉了。我搁下好久啦。"

他仰望着天花板，仿佛极力回忆似的，弹奏了两段柴可夫斯基的曲子，弹得非常有感情！他的脸跟平常一样，既不蠢笨也不聪明。我常常看见这个人在最败坏最污秽的环境中，却能迸发出这样纯洁、高尚的情感，真是出乎我的意料。齐娜伊达脸红起来，动情地在会客厅里走来走去。

格鲁津说道："教母，等一会儿，假使我想得起，我还能再给你弹一曲。我曾听人在大四弦琴上演奏过。"

他起初胆怯地试弹了一下，后来有了信心，弹奏起圣桑的《天鹅》来。他弹完后接着又弹了一遍。

他说："很好听，是不是？"

齐娜伊达被音乐所感动，站在他旁边问道：

"老实告诉我，像一个朋友诚恳地告诉我，你对我有什么看法？"

他扬眉说道："叫我怎么说呢？我爱你，只觉得你好。"他挽着靠近肘处的袖子，皱着眉头接着说道，"可是假使你愿意我说一点关于你的问题，那么，亲爱的，你知道……随意由着性子做事，常常会得不到幸福的。在我看来，一个人要自由，同时又要快乐，那么就不应当对自己隐瞒这样一个事实：守旧的生活是粗糙的、残忍的、无情的，应当以其人之道还治其人之身，也就是一个人为追求自由也应该是粗糙的、无情的。这就是我的想法。"

齐娜伊达面露悲伤的笑容说道："这已经超出我的力量了。我已经筋疲力尽了！我十分疲乏，连为拯救自己也不愿动一动手指头。"

"到修道院去吧，教母。"

他说这句话本来只是开玩笑的，可是他说完之后，泪珠儿在齐娜伊达的眼睛里闪了起来，接着他的眼睛也含着眼水。

他说："好，已经坐了很久，现在应该走了。亲爱的教母，再会。愿上帝保佑你健康。"

他捧起她的双手，亲了几下，轻轻地摸着，说他近日一定还会来看她。他在前厅穿上他那酷像小孩子穿的大衣时，在衣袋里摸索了半天，估计是想找钱赏给我，可是衣袋里什么东西都没有找到。

他忧郁地说着"亲爱的，再会"，便走了。

我永远忘不了这个人留下的印象。

齐娜伊达仍在屋中激动地踱着步。她不躺下而在那里踱步倒是件好事。我想趁着这个机会，坦白地对她说一下，然后马上离开，可是我刚送格鲁津出去，忽然又听到一阵铃响，是库库希金来了。

库库希金问："盖奥尔季·伊凡内奇在家里吗？他回来没有？没有吗？多可惜啊！既然如此我还是去亲一下女主人的手再走吧。"他喊了一声："齐娜伊达，我可以进来吗？我想亲一下你的手，请原谅我来得这么晚。"

他在会客厅里待得不久，还不到十分钟，可是我觉得他仿佛已经逗留了很久，并且永远不走了似的。我觉得又恼怒又难受，咬着双唇，甚至有点恨齐娜伊达了。显然她也觉得和库库希金谈话很无趣，可是我还是愤恨地想：她为什么不把他赶出去呢？

当我递给他皮外衣的时候，他表现出特别善意问我没有妻子我怎么生活。

他笑着说："可是我想，你绝不会虚掷时光的。你和波丽雅肯定鬼鬼祟祟的……真是顽皮！"

虽然我有生活经验，可是在那时候却不太了解人，或许因为我常常大言无足微重的事情，所以没有观察到紧要的事情也未可知。库库希金拍我马屁，巴结我，肯定是有动机的。不知他是不是担心我会像一般侍者似的，在别人的厨房和仆人们的屋子里闲谈时，会说奥尔洛夫出门未归的时候，他经常来我们这儿，和齐娜伊达一块儿逗留到深夜。等我的闲话传到他朋友的耳朵里，他就会羞愧地低垂着眼睛，摇晃着他的小指头。我想，今晚斗牌席上，他或许会装出他已经从奥尔洛夫手中夺得了齐娜伊达的样子，又或者干脆说出来？

今天中午，那个老人来的时候没引起我的仇恨，现在我却异常愤怒。后来库库希金走了，听着他那双皮鞋嘚嘚踏地的声音，我极想在他后面骂几句粗话，可是我忍住了。他的脚步声渐渐消失了，我回到前厅，也不知道自己在做什么，把格鲁津遗忘在那里的文件拿起来，迅速地跑下楼去。我没有戴帽子，也没有穿大衣，一直跑到街上，也不觉得寒冷，可是那时刮着风，大雪纷飞。

我追上库库希金喊道："大人！大人啊！"

他在一根灯杆旁边停下脚步，回头莫名其妙地看着我。

我气喘吁吁地说："大人！大人！"

我想不起来该说什么，于是就用那卷纸在他的脸上连打了两三下。他被我吓得呆呆地倚身在灯杆上，举着两手掩护着脸儿。正好有一个军医路过，看见我在那里打库库希金，惊讶地看了我们一会儿，就继续走他的路。

我觉得很尴尬，就跑回家了。

（十二）

我带着一头的雪水，气喘喘地跑回我的屋子，立刻脱掉燕尾服，穿上绒短衫和大衣，搬出我的旅行箱，放在前厅。我必须走了，可是走之前，我又匆匆地坐下来，开始给奥尔洛夫写信：

"我留下我的假身份证，乞求你留着这个东西做个纪念，你这个虚伪的人，彼得堡的官员！

"我用假名字混进别人的家里，戴着假面具窥探这个人的家庭生活，用耳朵和眼睛观察着每件事情，以免以后出其不意地揭露此人的虚伪；你可能会说这所有的事情跟偷窥无异。对，可是现在我对于崇高的品德已经不以为然了。我已经受够了你吃午饭和晚饭时，想说什么就说什么，想做什么就做什么，而我，却不得不听着、看着，保持沉默。现在我不愿意再缄默下去了。如果你身边没有一个人敢不谄媚你，对你说真话，那么就让你的侍者斯捷潘替你洗一下你那张漂亮的脸吧。"

我不喜欢这样开头，可是却不愿意改了，况且改不改有什么要紧呢？

那些挂着黑幔的窗户，那张床铺，那件扔在地上被弄皱的制服和潮湿的脚印，一切都呈现出凄凉而哀伤的景象，四周特别寂静。

或许是因为我跑到街上时没有戴帽子和穿套鞋，所以我开始发高烧。我的脸儿发热，两腿酸痛……沉重的脑袋往桌面靠近，脑子里的思想都分裂为二，就像每个思想后面都有一个影子。

我继续往下写道："我有病，衰弱，精神抑郁。我不能按照我本来的心意给你写这封信。起初我是想辱骂和羞辱你，可是现在我不觉得我有权利来这样写。你我都堕落了，都不能再站起来了。即使我的信写得多么义正词严，可怕或者激昂，却仍像是在敲棺材盖一般，永远都叫不醒那死人！无论多么努力，都不能使你那该诅咒的冷血温暖过来，这你比我知道得更清楚，我又何必写呢？可是我的心正在燃烧着，我就要继续写下去。不知什么缘故情绪很激动，仿佛这封信仍然可以拯救你和我一样。我烧得非常厉害，致使思想不是很联贯，我的笔也毫无意义地划着这张纸。可是我想要问你的问题却清晰地呈现在我面前，像灯火一样明亮。

"我因为什么衰弱得这么早呢？这个缘故不难解释。我像参孙[①]似的，把加沙的门扛在我的肩膀上，搬到山顶上去，可是当我疲乏的时候，当芳华和健壮在我身上永远消灭的时候，我才感觉到这个担子我扛不住了，我欺骗了自己。况且我曾在残酷和痛苦的情境里受煎熬。我受冻、挨饿、又患病，而且也丧失了自由。关于人生的幸福，我从来没有体验过。我没有家室，我所记得的事情都是痛苦的，我的良心时常惧怕这些回忆。可是你为什么堕落——有什么致命的、可怕的原因阻挠你的生活像春天的花朵一样灿烂地绽放呢？你为什么这样急速地摒弃了上帝依照自己的样式所造的形象，变成了一个胆怯的东西，又因为胆小而用狂乱大叫的方式去恐吓别人？你惧怕生活——就像一个终日坐在蒲团上抽水烟的东方人似的惧怕生活。对了，你读了许多书，欧式的外衣穿着很好看，可是你是何等谨慎地像纯粹的东方人，像可汗那样精心保护自己，让自己不受冻挨饿，免于痛苦和不安啊！你的灵魂很早就穿好衣服了！你在真正的生活和宇宙面前扮演了一个怯懦的角色。然而每个强健和高尚的人，都会与这种真正的生活和宇宙奋斗！你是多么柔顺、舒服、温暖、安谧，却又多么烦闷啊！对啊，这简直烦闷得要死，就像在幽禁的监狱里，没有一线的光明，可是你又极力躲避这个仇敌，一天二十四小时，你总要斗八小时的纸牌。

"再说说你讥诮的态度？哦，我了解得十分透彻！自由勇敢的思想正在寻找出路，显示威力，这对于懒惰迟钝的心却是忍受不了的。你不要它扰乱你的宁静，于是你像同时代的人一般，在少年时就把它囚禁起来。你用对生活讥诮的态度把自己武装起来，那种受到遏制和

[①]《圣经·旧约·士师记》中的人物，拥有上帝所赐的神力，能够空手杀死雄狮，并因只身与外敌非利士人争战周旋而闻名。曾将加沙城门的门扇、门框、门闩一起拆下来扛在肩上，扛到希伯仑前的山顶上。

惊吓的思想便不敢逾越你所围筑的篱笆一步。当你讥诮你自认为全都知道的理想时，你就像一个从战场上跑出来的逃兵，想掩饰羞耻，便侮蔑战争和冒险。让轻傲的气概减轻痛苦。在陀思妥耶夫斯基的一部小说①里，描述了一个老人用脚践踏他心爱的女儿的照片，因为她对他不公道；你却用那些污秽和粗陋的讥言诮语来嘲笑善良和真理，因为你没有力量去追随这些理想。你惧怕那些诚恳而正确指出你的劣迹的人，所以你就故意结交一些只会谄媚你的人。你总是……总是害怕看见别人哭泣！

"再说说你对女人的态度，卑劣已经渗透在我们的血肉里了，我们被卑劣的教育熏陶着。可是，这就是我们做人所要征服的——征服我们身上潜在的兽性。当你成年之后，所有的观念全都知道的时候，你不可能看不见真理。你知道真理，可是你却不追随真理，你惧怕它，为了要欺骗自己的内心，你大声对自己保证，受责备的人不应该是你，而是女人，她们本来就下贱，所以你就用下流的态度对她们。你那些毫无热情的荒淫故事，你那种不堪入耳的笑声，你那些数不尽的理论，例如男女关系的实质，对婚姻的无限需求，法国工人为女人花十个苏啦。你在女性的逻辑、虚伪、弱点方面的攻击，等等——所有这些事情就像是想把女人强按倒在泥泞里面，好让她们的水平和你对她们的态度同等？你是一个软弱、悲惨而且讨厌的人！"

齐娜伊达在会客厅里回想着格鲁津所奏的圣桑的乐曲，同时弹奏起来。我走到床边，躺下去，可是一想到我是要走的，就奋力起身，带着沉重的、发烧的脑袋又走回到桌子边。

我继续写下去："可是这有个问题，我们为什么厌倦了呢？为什么我们起初十分热情、勇敢、高尚，有诚信，而在三十岁到三十五岁

---

① 指《被欺凌与被侮辱的》。

就完全气馁了呢？为什么这个害痨病死掉，那一个让一颗枪弹穿过脑子，第三个在烧酒和纸牌里忘记所有的事物，第四个则把他那青春时代纯洁的形象很轻傲地践踏在脚底下，以减轻他的恐惧和痛苦呢？我们一倒下去就不再重新站起来，失掉一物便不再找别的东西，这是为什么？为什么？

"盗贼被绑在十字架上，即使离死期不到一个钟头，也有追忆人生乐趣和希望的勇气。你还有多少年可活，或者我也不会立即就死。如果奇迹发生了，现状变为了一场梦，一个可怕的梦魇，直到我们都醒来，变得纯洁、强健，为我们的正义而骄傲，这将是多么好的景象！幻想的前景激励我，我竟动情得气都喘不过来。我有一颗渴望生活的心，渴望我们的生活是神圣、高尚，并且威严的，如同天空一般。让我们好好生活吧！太阳在一日之内不会升起两次，生命不会有第二次。紧紧握住你的余生，拯救它吧！……"

我不再写一个字了。我脑子里的思想很多，可是我不能把这些思想连缀起来写在纸上。信还没有写完，我就签上我的名字，说明我的身份，又走到书房里。屋里很黑暗。我摸到桌子把信放下。黑暗中我碰到了器具，跌倒后发出了声响。

我听见会客厅里传来不安的声音："谁在那儿？"

那时候桌上的钟轻轻地打了一下，夜里一点钟。

（十三）

我在黑暗中至少摸索了半分钟才摸到那个门柄，于是我慢慢地把门打开，走进会客厅里。齐娜伊达躺在沙发床上，手肘支着身子，疑惑地看着我。我没办法使自己说话，就慢慢地踱过去，她眼睛跟随着我。我在大厅里站了一小会儿，又走过她面前，她注意地看着我，心里纳闷，甚至害怕。最后我站住了，费力说道：

"他不回来了。"

她疾然起身，看着我，不明白我的意思。

我重复道："他不回来了。"我的心跳得厉害，"他不回来了，因为他并未离开彼得堡，他住在彼卡尔斯基家。"

她明白了，并且相信我的话——这是我从她那突然变得惨白的脸上和她那带恐惧和恳求的神情把双臂放在胸间的样子上看出来的。一时间，近来她所有遭遇的事情全都闪过她的脑海。她寻思着，然后看清了一切真相。可是同时，她又想起了我是一个侍者，一个下人……一个奇形怪状的人，头发散乱，脸色红晕，像是喝醉了酒一样，穿着一件普通的大衣，在那里粗鲁地干涉她的家庭生活，这使她恼怒起来。她厉声对我说道：

"这不关你的事，走开！"

我把双手伸向她，热忱地说道："哦，相信我！我不是下人，我像你一样的自由。"

我说出我的名字，对她解释我是谁，以及我为什么住在这里，我怕她阻止我或者走开，所以我说得非常快。这个新发现比刚才还要使她吃惊。她原本还希望我说的是谎语，或者弄错了事情，或者是胡言乱语，可是现在听了我的自白之后，她便丝毫没有疑义了。她那双眼睛立刻露出悲哀神情，脸色忽然间失了原来的柔和色彩，变得苍老难看。我看出她十分难受，再谈下去恐怕没有好处，可是我却仍性急地继续说下去：

"议员和视察的旅行都是捏造出来欺骗你的。正月那次像现在一样，他并没有出去，而是住在彼卡尔斯基家里，我天天都能看见他，也参加了骗局。他讨厌你，恨你住在这儿，嘲笑你……假如你听见他和他的朋友们怎么在这儿嘲笑你和你的爱情，那么你就不可能在这儿多留一分钟！离开这儿！走吧。"

她颤声说道："好吧，无所谓了！"她用手掠了一下头发，又说道："好吧，无所谓了，随便他们怎么说。"

她的眼里盈满了泪水，嘴唇颤动，脸色灰白，露出愤怒的表情。奥尔洛夫浅薄的欺骗行为使她难受，让她觉得既可鄙又可笑。她微笑着，而我却不喜欢这种笑容。

她用手又掠了一下她的头发，重复地说道："好吧，无所谓了，随便他。他认为我会屈辱而死，谁知，我却……认为这事很可笑。他真的没有躲藏的必要。"她从钢琴边走开，两肩一耸，继续说道："没有躲藏的必要……躲在别人的房子里，倒不如爽快地对我说明，这岂不更简单。我有眼睛，早就看出来了……我只不过是想等他回来把事情说个明白。"

接着她在桌旁一把矮椅上坐下，把脑袋倚在沙发的扶手上，痛哭起来。会客厅里只点着一支蜡烛，她坐着的那把椅子四周黑沉沉的，可是我看见她的脑袋和肩膀在颤动，本来梳好的头发散开来，披在她的脖颈、脸儿和臂膀上……她的哭泣小声而均匀，并没有撕心裂肺的哭喊，从这普通的女人的哭泣中，可以听出，她受到了侮辱，受到了伤害，她愤恨，心里懊恼自己的无能为力，所以郁闷失望。她的哭声在我的烦恼又痛苦的心里引起了反响，我忘记了我的病痛和世上万物，在会客厅里来回踱着，昏头昏脑地含糊说道：

"这是生活吗？……哦，什么人都不能像这样过下去，不能……哦，这简直是疯狂、罪孽，不是生活。"

她哭着说道："多么屈辱啊！我受尽苦难只为和他在一起，他嘲笑我，但又和我生活在一起！哦，多么屈辱啊！"

她抬起头，用那双泪痕狼藉的眼睛隔着沾湿了泪水的头发，看着我，然后把阻挡了她的视线的头发向后掠，问我：

"他们笑我吗？"

"在他们看来，你是可笑的——不管是你和你的爱情，还是你所读过的屠格涅夫的作品。如果我们现在因绝望而死掉，这也会让他们开心。他们会把这事编成一段滑稽的奇谈，在你的安魂祭礼上讲给别人听。"我急不可耐地说道："可是为什么要讲他们呢？我们应当离开这儿——我不想在这里停留一分钟了。"

她又哭了起来，我走到钢琴边坐下。

我很忧愁地说道："我们等什么呢？现在已经两点钟了。"

她说："我没有等什么，只是觉得很伤心。"

"你为什么要讲这样的话呢？我们最好一块儿商量商量接下来该做什么吧。你和我都不能再留在这儿了。你想到什么地方去呢？"

忽然铃声响了起来，我的心情变得很紧张，会是奥尔洛夫回来了吗？库库希金在他面前告了我的状吗？我怎样去见他呢？我过去开门，原来是波丽雅。她走进来，把她皮外衣上的雪拍去，就进她的屋子里去了，一句话也没对我说。当我回到会客厅的时候，齐娜伊达脸色苍白得如同死人一般，站在屋子的中间，瞪着一双大眼看着我。

她轻轻问："是谁？"

我回答说："波丽雅。"

她用手撩了一下头发，疲惫地闭上了眼睛。

她说："我立刻就走，麻烦你送我到彼得堡郊外去。现在是什么时候了？"

"两点三刻。"

（十四）

过了一会儿，我们走出了这所房子，只见街上黑漆漆的杳无人影。天上下着湿雪，潮湿的风刺人脸儿。我记得那是三月初，正是化雪解冻的时候，一些车夫已经换马车了。后面的楼梯呀，寒冷的天气呀，半夜的黑暗呀，穿羊皮的看门人（在放我们出大门之前，他曾诘问了我们），这种种东西留下的印象让齐娜伊达十分忧郁和沮丧。我们坐上马车，盖好车篷后，她全身战栗，连忙对我说，她非常感激我。

她喃喃地说道："我不怀疑你的善意，可是我很惭愧，你为我这么操心。噢，我明白了，明白了……今天格鲁津来这儿的时候，我就觉得他在说谎，隐瞒着什么事情。好，原来如此，不管他了。可是，我总觉得很惭愧，你这么担心我。"

她还有一点疑心，为了消除她的怀疑，我吩咐车夫去谢尔吉耶夫街。到了彼卡尔斯基家门口，我就叫他停车，自己下车去按铃。看门人来到门口时，我故意大声问盖奥尔季·伊凡内奇在不在家，以便使齐娜伊达听见。

他回答说："在的，他半个小时前到的。现在在床上睡觉，你有什么事吗？"

齐娜伊达情不自禁地把头伸了出来。

她问道："盖奥尔季·伊凡内奇是不是在这儿住了很久？"

"快三个礼拜了。"

"他没有去过外地吗？"

看门人惊奇地看着我，回答说："没有。"

我说："明天早点告诉他，说他妹妹从华沙来找他了，再见。"

于是我们便乘车走了。这辆马车上没有车帘，大片的雪花落在我们身上，冷风刮来，刺人肌骨，尤其是走在涅瓦河边时更觉得厉害。我觉得我们似乎已经走了很长一段时间，受罪了好久，齐娜伊达战栗的呼吸声我也听了好久。我在半梦半醒的情况下，回想起我那奇异、荒诞的生活，不知什么缘故，我回忆起了幼年时看过两次的情景剧《巴黎的乞丐》。我想摆脱这种意识混乱的状态，所以从车篷里向外张望，看着外面的曙光，所有往事的幻象，所有朦胧的思潮，不知什么缘故，忽然在我心里融合成一个鲜明坚定的思想：我和齐娜伊达已经无可挽回地完蛋了。这是一种信念，仿佛寒冷的天空包藏着这个预言一般，可是一分钟后，我已经开始想别的事情，相信别的了。

天气寒冷和潮湿使齐娜伊达的声音变哑了，她说："我现在怎么办呢？要到什么地方去？做什么事情呢？格鲁津叫我去修道院，我还是很愿意去的，我要变换我的服装、我的模样、我的名字、我的思维……我愿意换掉一切，一切，永远隐藏起来。可是他们不会让我进修道院的，因为我怀孕了。"

我说："明天我们出国去。"

"这是办不到的，我丈夫绝不会给我护照。"

"我带着你可以不用护照。"

马车在一幢两层楼的黑木房前停住了，我去按铃。齐娜伊达从我手中拿过一个又小又轻的柳条筐——这是我们带出来的唯一的行李。她无奈地笑着说道：

"这算是我的珍贵物品了。"

可是她太虚弱了，拿不动这个珍贵物品。

我们等了很久门都没有开。我按了三四次铃后，窗户里才闪出一点光亮，脚步声、咳嗽声、低语声同时传了出来。随着钥匙在锁中"啪嗒"一声，一个身材矮胖、面色吓得发红的农妇在门内出现。在她后面不远的地方，有一个留着短短的灰发、身材瘦小的老妇人站在那里，手上举着一支蜡烛。齐娜伊达跑进前堂，用两臂搂住老妇人的脖颈。

她大声哭着说："尼娜，我被骗了！被人家粗暴而卑劣地欺骗了！尼娜，尼娜！"

我把柳条筐递给农妇。门关上了，可是我还是能听见齐娜伊达的哭声和呼叫声："尼娜！尼娜！"

我坐上马车，告诉车夫慢慢地驶向涅瓦大街。我也必须为自己找一个歇宿的地方。

次日将近黄昏的时候我就去见齐娜伊达。她改变了很多。她那灰白而消瘦的脸庞已经没有了泪痕，神态也不同了。我不知道是因为现在我是在不同的（和华丽相差甚远的）环境里看见她，而且我们的关系也已经不同了，或许是因为剧烈的悲痛在她身上留下了烙印。她不像从前那般端丽和浓妆艳服了。她的身材似乎矮了一些，她的动作和步态表现出一种暴躁和神经过敏的神气，仿佛她有什么急事要办似的，甚至在她的笑容里，也没有了以往的温柔。我穿着一套在白天购买的价钱昂贵的衣服。她首先注意到我身上的服装和手中的帽子，然后用一种性急和探究的眼光打量我的脸，仿佛要研究我的面貌一样。

她说："我觉得你的变化仍然是一种奇迹。请原谅我带着这样的好奇心看着你，你是一个非同寻常的人，你得知道。"

我再次告诉她我是什么人，因为什么而在奥尔洛夫那里做事，这次比上次说得更久、更详细。她十分注意地听着，不容我讲完就说：

"我把所有事情全撇清了。你要知道我忍不住写了一封信，这就是他的回信。"

她递给我一张纸，上面是奥尔洛夫的字迹：

我不是要为自己辩解，可是你应当承认这是你的错，不是我的。祝你幸福，希望你尽快忘怀。

盖·奥谨上

附：送上你的东西。

奥尔洛夫派人送来的那些箱子和筐子正放在客厅，我那可怜的小手提箱也在里面。

"所以……"齐娜伊达只说出了这两字，没有把话说完。

我们都不说话，她把信接过去，举到自己眼前，看了两分钟左右，脸上露出那种倨傲、轻蔑、骄矜、冷酷的神情，和前一天我们开始揭穿一切时的神情一样。泪珠儿又进了她的眼眶——不是胆怯而辛酸的泪水，却是骄傲而气愤的泪水。

她突然站起来，走到窗户那里，不让我看见她的脸儿，然后说道："听着，我已经打定主意了，明天和你一块儿到外国去。"

"非常好，我准备今天就走。"

她说："收留我这个新兵吧。"她转过身来，突然问道："你读过巴尔扎克的小说吗？你读过吗？他的小说《高老头》是这样结局的：主人翁在一处小山冈的顶上俯视着巴黎城，扬声说'现在咱们来较量较量吧'。从此以后他就开始了新生活。我也要从彼得堡的火车窗里往外望，对它说：'来较量较量吧！'"

她说完，为自己的玩笑话微微一笑，不知什么缘故，全身战栗起来。

（十五）

我在威尼斯患了胸膜炎。可能是我们从车站坐船至柏尔旅馆时，着了凉。我不得不躺在床上，在那里逗留了两个礼拜。在我病中，齐娜伊达每天早晨都从她的房间过来和我一起喝咖啡，随后把我们在维也纳买的许多法国书和俄国书读给我听。有些书我早已读过，有些毫无兴味，但是有一个和悦动听的声音在我旁边，我就觉得那些书中所有的意义都概括成了一个重心——就是我不寂寞。她出外散步回来，身上穿着灰色的裙子，头上戴着很轻的草帽，被春天的太阳晒得周身暖和，很是活泼快乐。她坐在我的床边，弯身靠近我，对我讲威尼斯的事情，或者读那些书给我听——我觉得非常快乐。

夜里我觉得冷，胸口痛，特别烦闷，可是白天我却陶醉在生活里。我简直找不出更好的词句来描述这种生活。照射在开着的窗户上和阳台门上的温暖日光，下面的呼喊声、橹桨的击水声、铃儿的叮当声、隆隆作响的午炮声和那完全自由的情感，都使我惊叹不已。我仿佛觉得长出了坚实宽广的翅膀，飞入仙境去了。有时候我想到有一个人的生活和我的生活并肩前行，想到我是一个年轻、美貌、有钱，却又软弱、孤苦、受尽委屈的人的仆人、监护人、朋友、不可缺的旅伴，这是多么美好，多么令人快乐啊！当你知道有人好像盼望假期似的希望你痊愈时，即使患病也是快乐的。有一天我听见她在门后和我的医生小声说话，随后她走进来，眼里带着泪。这是一个噩兆，可是我觉得很感动，心里异常轻松。

后来他们允许我到阳台上走走。太阳和海上吹来的微风温柔地轻抚着我的病体，我往下看，只见船艇来往，流畅不滞，庄严堂皇，仿佛是些活的东西。我不禁赞叹起这种新奇迷人的文化的华美来。空气中有海水的气味，但闻弦声清脆，有两个人在唱歌。这是多么快乐呀！回顾彼得堡的夜晚大雪纷纷，猛烈地打在我们的脸上，此情此景，真是天壤之别。如果笔直望到运河对面，就可以看见海滨，看见水天相连的海面浩广无涯，阳光射在水面上，明晃晃的，十分炫目。我的灵魂渴慕着温和美妙的大海，我曾把青春献在海上。我眷恋生活，只要能生活，就再也没有别的需求了。

两个礼拜后我可以自由行走了。我爱坐在日光里，听船夫的呼声，却不懂他们喊的是什么，我又爱凝望着一所小房子，他们说黛丝德蒙娜^①住过这所房子——这是一所质朴纯简的小房子，外表显示出一种端严的神气。我在卡诺瓦^②的墓旁站了半天，聚精会神地看着那头悲哀的狮子。在中世纪威尼斯共和国总督的府邸里，我常常到角隅处去看那张用黑色油墨画成的不幸的诗人马里诺·法利埃洛^③的肖像。我想："做一个艺术家、诗人、戏剧家是很有意思的，如果这些事都不垂顾于我，沉浸在神秘主义中，也是好的！若在我灵魂里的恬静和满足之上再加点信仰，那就太好了。"

晚上我们吃牡蛎，喝酒，坐船游逛。我记得我们那只黑船停在河中，船身轻轻地晃动，水在船下汩汩地低声流淌。星光和岸上的灯光在水面上闪烁颤动。离我们不远处有一艘船上挂着彩色的灯笼，灯光照入水中，煞是好看，有些人在船上唱歌。各种乐器声与人们的谈话声，在黑暗中飘荡。齐娜伊达面色灰白，神气严肃，紧闭着双唇，握紧两手，坐在我旁边，不知在那想什么事情，就连睫毛都不动，也不听我说话。她的脸，她的姿态，她那呆呆的、毫无表情的目光，她那苦恼的、可怕的、冰冷的回忆，与周围的那些船艇、灯光、音乐，夹在歌声中的呼喊声"贾——莫！贾——莫"形成多么鲜明的生活对照啊！每当她这样坐着，紧握两手一动不动，神态悲伤，我就觉得我们都像是什么《不幸的女人》《遭遗弃的女人》这类旧式小说里的人物。我们两个人：她是薄命人、失恋者；我是忠实热忱的朋友，一个幻想家，如果你喜欢，也可以说我是一个无用的人、失败的人，什么事情都做不了，只会咳嗽和幻想，或者还会牺牲自己……可是现在有什么人或事需要我去牺牲呢？我还有什么东西可以牺牲吗？

晚上闲逛之后，我们就常常在她的房间里喝茶、谈话。我们不怕

---

① 莎士比亚的悲剧《奥赛罗》中的女主人公。
② 十八世纪末十九世纪初意大利雕塑家。
③ 十四世纪威尼斯总督，因密谋在威尼斯建立民主共和国而被处死刑。

触到旧伤，相反，当我对她讲我在奥尔洛夫家里的生活，或者提到那些我所知道而且瞒不了我的他们那种关系时，不知什么缘故，我心里甚至觉得挺痛快的。

我对她说："那时候我很恨你。当他反复不定，瞧不起你，对你说谎的时候，我很诧异你怎么会看不出或者不明白呢！你亲他的手，跪在他面前，讨好他……"

她红着脸说："当我……亲他的手，对他跪着的时候，我爱他……"

"看透他就这么难吗？好一个怪物！这个怪物只不过是宫中的低级侍从罢了！我丝毫没有想要责骂你的意思，上帝为证。"我一面说着，一面觉得自己很粗鲁，当触碰到别人内心时，没有那种机智和柔情。在我没有认识她以前，我不曾理会过这种玄妙。我继续说道："可是你怎么会看不出他是什么东西呢？"这句话说得比较温柔些了。

她十分激动地说道："你的意思是你看不起我的过去，你是对的。你属于特殊类型的人，不能用普通的标准来判断。你在道德上的要求特别严格，超出常人，并且你不能饶恕那些事情；我明白你的意思，假使有时候我说了反对你的话，不是代表我对事物的理解和你不一致。我所以说旧日的废话，只是因为我还没来得及穿破我的旧衣服，摆脱我的旧成见。我也痛恨而且轻视自己的过去，奥尔洛夫和我们之间的爱情……那种爱情是什么东西？"她走到窗户边俯视着那条运河，"现在看来简直是荒谬绝伦。这种爱情只会蒙蔽良知，扰乱心境。生活的意义只有一个，就是奋斗。用鞋后跟踩着可恶的蛇头，咔嚓一声一脚踏碎！这才是生活的意义。只有这一个意义，除此以外就没有别的了。"

我把我那冗长的历史讲给她听，叙述我那些确实惊人的经历。可是对于我心里所发生的变化我却一字不提。她总是十分注意地听我说话，听到有趣的地方，她就会摩擦双手，仿佛懊恼自己没有机会经历这样的惊险、快乐和恐惧似的，随后她忽然沉思不语，想起自己的心事来了，那时我能从她脸上看出她没有听我说话了。

我关上朝着运河的窗户，问她要不要生火炉。

她无精打采地笑着说："不，不要紧。我不冷，我只觉得浑身无力。你知道吗？我感觉近来我变得聪明起来了。现在我有与众不同的、新颖的想法。当我想起我的过去，以及我那时候的生活……想到普通人，就觉得这一切汇合成一个东西，那就是我继母的形象。粗鲁，傲慢，卑贱，虚伪，淫荡，而且有毒瘾。我的父亲是一个身体虚弱、意志薄弱的人，因为贪财，所以娶了我母亲，却让她患上了痨病。可是对他第二任妻子——我的继母——他却爱得如痴如狂……我不得不忍气吞声！可是谈这些有什么用啊！像我刚才所说的，一切都概括在她的形象里……然而我却很恼火；我的继母已经故世，现在我倒很希望见到她呢！"

"为什么？"

她宛然把头一摇，笑着答道："我也不知道，晚安。你应当好好休养一下。等你好了，我们就着手我们的工作……该开始了。"

我也道了一声晚安，我的手刚放在门柄上，忽然听见她说道：

"你是怎么想的？波丽雅还在那里住吗？"

"说不定。"

于是我回到自己的屋子里。我们这样过了整整一个月。有一天中午，天色阴沉，我们俩站在我屋中的窗前，看着从海上升起的云气和那朦胧的运河，预测到即刻就会下一场大雨。等到稠密的雨丝宛如纱布似的把海罩着时，我们俩忽然觉得特别烦闷。当天我们就起程到佛罗伦萨去了。

（十六）

那时正是秋天，我们到了尼斯。有一天早晨，我走进她的屋子，她正坐在一只矮椅上，交错着两腿，弯着身子，脸埋在双手里，正在哀哀地恸哭，她那没梳好的长发散落在膝上。我刚刚看见了绝妙的海景，正想来告诉她，不料看见她这模样，于是海景的印象顿时离开了我，我的心也痛起来了。

我问道："你这是怎么了？"她的一只手从脸上移开，推开了我。

我又问道："这是怎么了？"我们相识以来，我第一次吻了她的手。

她急忙说道："不，没事，没事。啊，没什么事，没什么事……走吧……你看，我还没有梳洗好呢。"

我怏怏地走出来。很久以来，我的心境一直很平静，无忧无虑，现在却被怜悯心搅乱了。我极欲倒在她的脚前，恳求她不要独自一人在那里哭，希望她让我一起分忧。乏味的海水声像是在我的耳朵里说着不吉利的预言，我预料将来还会有眼泪、烦恼和损失。"她哭什么呢？这是怎么回事？"我诧异地回想她的脸儿和那痛苦的目光。我记起她正怀着孕。她极力掩盖她的怀孕，既要瞒住外人，又要瞒住自己。在家里她穿着很宽的衣衫，很松的腰带，外出时，便把腰身束缚得很紧，有两次我们在外面散步时，她竟晕倒了。她永远都不对我说她怀孕的事情，有一次我暗示她最好去看医生，她却涨红着脸，一句话也不说。

后来我去她房间看她，她已经穿好衣服，头发也已理好。

我见她又要哭出来，急忙说道："算了，算了，我们最好到海边散散心，谈谈天。"

"我不能谈话，对不起，现在我希望一个人待着。弗拉基米尔·伊凡内奇，下次你来找我，劳驾你先敲一下房门。"

"劳驾"两个字有点特别，不像女人的口气。我走开了，彼得堡时期的坏心境又回来了，我所有的幻想都像炎炎烈日下的树叶那样萎缩，收拢了。我觉得自己又开始孤独，我们之间也没有亲密的感情了。我和她的关系就像蜘蛛网和棕树的关系，蜘蛛网偶然挂在棕树上，终不免被风扯断而被刮去。我在公园里散步，有乐队正在奏乐，我走进俱乐部，看着那些浓妆艳服又香气扑鼻的女人们，她们都瞟我一眼，仿佛在说："你独自一人，这太好了。"于是我走出来，走到露台上，对着海看了很久。远处水天相连的地方，一艘船也没有。左边海岸上淡紫色的雾霭笼罩着山峦、花园、塔楼、房屋，太阳照着这一切，可是这些东西全都显得陌生、冷漠，不过是没有意思的纷华而已。

（十七）

她照旧常常在早晨到我的屋子里来喝咖啡，可是我们不再一块儿吃饭，因为她说不饿；她只喝点咖啡、茶水，吃点零食，如橘子和炒糖等，就够了。

我们晚上不再谈话了，我不知道怎么会弄成这样。自从我撞见她哭泣的那天起，她对待我就有点冷淡，有时候还语带讥诮，更不知道什么缘故，她竟称我为"我的好先生"。从前她觉得可怕、惊人、神奇、让她羡慕和兴奋的事情，现在都完全感动不了她，常常听我说完后就伸个懒腰说道：

"是的，'古时成就了许多伟大的事业'①，我的好先生。"

有时候我竟然接连好几天看不见她。我畏畏缩缩好像犯罪似的敲她的房门，却不见回应。于是我又敲了几下——仍旧默然无声……我便站在门外倾耳听着，后来女仆经过，很冷淡地说："夫人已经出去了。"于是我就在旅馆的过道上踱来踱去……那儿可以看见许多英国人、盛装的妇人们、穿着燕尾服的侍者……当我凝目看着铺在走廊上的长地毯时，突然觉得我在这个女人的生活中扮演了一个古怪的、虚妄的角色，而且我已经没有力量来改变这个角色。我跑进我的房间，躺在床上，想了又想，却得不到答案。我清楚的只有一件事情，就是她的脸色变得越无情、冷淡、严肃，我就越想接近她，越强烈而痛苦地感到我们之间的密切关系。随她去叫"我的好先生"，冷淡无情的口吻也不要紧，随便她做什么，我的宝贝，千万不要离开我，我害怕孤独。

后来我又出来，走到过道里，倾耳听着……我没有吃午饭，不觉已经到了黄昏。最后在十一点左右，我听见一阵熟悉的脚步声，在楼梯的转弯处看见了齐娜伊达。

她经过我身边时问道："你在散步吗？你最好到外面去走一走……晚安！"

"今天我们不再见面了吗？"

"时间已经有点晚了，不过，随便你。"

我跟她进屋，问："告诉我，你今天去什么地方了？"

"什么地方？到赌城去了。"她从衣袋里掏出十个金币，说道，"看啊，我的好先生，我赢了，这是玩轮盘赢的。"

"没意思！你不会去赌博的！"

---

① 含有"好汉不提当年勇"的意思。

"怎么不会呢？明天我还要去哩。"

我想象她带着一副衰弱的病容，紧紧地束着她那怀着胎的大肚子，站在赌桌旁边，夹在一群卖弄风情的少妇和看到金钱简直像苍蝇见着蜜糖一般的老态龙钟的老太婆中间。我想起，不知道什么缘故她瞒着我到赌城去了。

有一天我说："我不相信你的话，你不会到那里去的。"

"不要自寻烦恼，我不会输很多钱的。"

我烦恼地说道："这不是输钱的问题，你在那里赌钱的时候，就没想到金币的闪光、所有老老少少的女人、赌场的庄家，那种排场，都是对工人的劳动、对辛苦的血汗的卑鄙可恶的嘲弄吗？"

她问："假使不去赌钱，那么可以在这儿做什么事呢？至于工人的劳动、辛苦的血汗呀，所有的这种漂亮话请你留在下次再讲，不过现在你既已开了头，那就让我继续说下去吧。请容许我直截了当问你，我在这儿有什么事情可做，我该做什么呢？"

我双肩一耸，说道："你该做什么事情？这是一个一下子回答不出来的问题。"

她说："弗拉基米尔·伊凡内奇，我求你诚恳地回答我。"她脸露愠色，"我也曾拿这个问题问过我自己，而现在问你并不想听一些陈词滥调。"她用手拍着桌面，继续说道，"我问你，我在这儿应该做什么事情？不仅是在这儿，在尼斯，而是在任何地方？"

我没说话，从窗口向外望着海洋，我的心跳得厉害。

她轻声说道："弗拉基米尔·伊凡内奇——"她气喘喘的。"弗拉基米尔·伊凡内奇，倘若你自己不相信那个事业，倘若你不再想干那个事业。那为什么……为什么你把我拉出彼得堡呢？你为什么许诺我，为什么要在我心里激起疯狂的希望呢？你的信仰已经改变，你已经变成另一个人，谁也不会来责备你——因为我们的信仰常常不在自

137

己的掌控范围内。"

她走到我旁边，继续往下说道："可是……可是，弗拉基米尔·伊凡内奇，看在上帝面上，你为什么不诚实呢？这几个月来，我对于我的计划想入非非，狂乐喜极，想按照新的方式改造我的生活，你为什么不跟我说真话呢？为什么你不是沉默无语，就是用故事来鼓励我，仿佛很支持我一样呢？这是为什么？为什么要这样做？"

我转过身，却不看着她，说道："承认自己的信仰毁灭是很难的事情。对，我没有信仰，疲惫了，丧失信心了……人要真实是很难的，非常难，我便沉默了。愿上帝不要再让世人经历我所经历的事情。"

我觉得自己马上要哭出来了，就停止了说话。

她用两手拉着我说道："弗拉基米尔·伊凡内奇，你已经经历过很多，吃过很多苦，你比我知道得更多。请你仔细想一想，再告诉我，我要做什么事情？如果你自己已经没有力量前进，也没有力量带着别人前进，至少请你指示我什么地方可去。我毕竟是一个有生命、有感觉、有思想的活人。陷入虚妄的处境……扮演荒谬的角色……我觉得很痛苦。我不怪你，也不责备你，我只是要求你。"

茶送进来了。

齐娜伊达递给我一杯茶，说道："你会对我说些什么？"

我回答说："世界上的光比你从窗口所看见的光要多。齐娜伊达，除了我以外，还有别人呢。"

她急切地说道："那么请你告诉我，他们在哪儿，这是我最后想问的事情了。"

我继续说道："我还想说，一个人可以通过多种途径为思想服务。假使一个人做了错事，对于某种思想丧失了信心，那么他不妨再去找别的。思想的世界是很大的，不会穷尽的。"

她露出讥诮的神情，看着我说道："思想的世界！那我们最好停止交谈。有什么意义呢……"

她脸红了。

她重复说道："思想的世界！"她把饭巾扔在一旁，脸上露出恼怒和厌恶的表情。"我知道了，你所有的好思想全都归结到不可避免的、不可缺失的一点：就是我应当做你的情妇。这就是你所想的事情。光有那些思想，却不做一个高尚、有想法的人的情妇，就等于不明白那些思想。必须从这事开始——就是从做你的情妇开始，其余的自然而然就会了。"

我说道："齐娜伊达，你生气了。"

她气喘吁吁地嚷道："不，我很诚恳！我很诚恳！"

"或许你很诚恳，可是你错了。你的话让我非常难受。"

她笑道："我错了？别人都可以说这句话，除了你，我的好先生啊！你可以认为我粗野、残忍，我不在乎。我只想问你：你爱我吗？你不爱吗？"

我耸了一下我的肩膀。

她露出讥诮的神情，继续说道："对啊，你耸肩膀！在你病着的时候，我听见你在昏迷中说了些胡话，之后你又老是那种深情的眼神，那种叹息的腔调，那种关于情谊和精神相通的宏论……可主要的却是，你为什么不诚恳？为什么要隐瞒事情的真相？假使你一开始就说清楚，是何种想法促使你把我拉出彼得堡，那么我就知道该怎么办了。那我就会按照当时的打算，把自己毒死，现在也就没有这出无聊的滑稽戏了……可是谈这些有什么意义呢！"

她把手一挥，坐了下来。

我生气地说道："听你所说的话，仿佛你怀疑我有什么卑鄙的图谋。"

"哦，好极了。谈这些有什么意义呢！我不是怀疑你有想法，而是疑惑于你根本什么想法都没有。假使你有安排，那我现在就会知道。但是你没有别的，只有思想和爱情，如今是思想和爱情，以后呢，我是你的情妇。无论是在生活里，还是在小说中，都是这一套……"她突然用手在桌上拍打了一下，说道，"你常骂他，可是别人却不能不赞同他。他有很好的理由来轻视这些理想。"

我嚷道："他并不轻视思想，他是怕思想。他是懦弱的人，虚伪的人。"

"哼，得了吧。他是懦弱、虚伪，欺骗了我。那你呢？请你原谅我说话直爽，你是什么人呢？他欺骗了我，把我放在彼得堡听天由命，而你呢？欺骗我，把我丢在这儿。可是他骗人至少还没扯上什么思想，而你……"

"上帝呀，你怎么能说这种话呢？"我惊喊一声，扭着两手，快步走到她面前。"不，齐娜伊达，这是愤世嫉俗。"忽然有一个观念闪了出来，我觉得这个观念可以拯救我们两人，就立马抓住这个观念，继续说道："你不应该这么失望，听我说，听着，我曾经历过许多许多的事情，多得让我回忆起来就会感觉头晕；可是现在我用我的心和这受过磨难的灵魂体会到了，人的宗旨就是为他人而牺牲自己，此外就没有其他的宗旨了。这就是我们应当走的路，这就是我们的使命！这就是我的信仰！"

我想继续往下讲慈悲，讲宽恕一切，可是我的语气忽然显得不诚恳，我心慌了。

我诚恳地说道："我渴望生活！生活，生活！我渴望和平和安静，我渴望温和的气候，渴望这里的海，渴望你在我身边。哦，我多么希望我能在你心里激起这种对生活的热烈渴望啊！刚才你谈到爱情，可是在我，只要能接近你，听到你的声音，看着你的脸，就已经足够了！……”

她脸红了，为了阻止我说下去，她急忙说道：

"你爱生活，可我却恨生活，所以我们的道路不同。"

她给自己斟了一杯茶，可是没有喝，而是走进卧房，躺了下来。

她从卧室里对我说："我想我们最好中止这个谈话。对我来说，全都完了，我不渴望任何东西……还有什么可说的呢？"

"不，并不是全都完了！"

"哦，算了吧！……我知道！我厌烦了……够了。"

我站了一会儿，从一个墙角踱到另一个墙角，然后走出了房间，来到走廊上。夜深时我走到她的门口去听，清楚地听见她在里面哭。

次日早晨侍者递给我衣服时，带着笑地告诉我，住在十三号房间里的那位女士临盆了。我急忙穿上衣服，跑到齐娜伊达那儿去，恐慌得差点昏过去。她的屋子里有一个医生、一个产婆和一个从哈尔科夫来的年长的俄国女人，名叫达丽雅·米海洛芙娜。屋里有一种"乙醚"的气味。我刚跨进门槛，就听见一阵轻微的、悲痛的呻吟声从她的卧室里传出，那声音仿佛是从俄国刮来的一阵风，我想到了奥尔洛夫、他那讥诮的表情、波丽雅、涅瓦河、纷纷飘落的大雪，又想到了那辆不带前篷的马车、我在寒冷的晨光中看到的预言和那喊着"尼娜！尼娜！"的绝望呼声。

那位太太说："进来看看她吧。"

我走进去看齐娜伊达，觉得自己仿佛是那孩子的生父。她躺在那里闭着两眼，面容消瘦苍白，头上戴着一顶镶着花边的白帽子。我记得她的脸上有两种神情：一种是冷酷、淡漠、无情的；另一种是稚气、无助的。这后一种模样是那白帽子所给予的。她没有听见我进来，或者是听见了，却不想理我。我站在那儿，看着她，等待着。

可是后来她的脸儿因疼痛而扭曲，张开双眼，凝视着天花板，仿佛在思忖自己出了什么事……她的脸上有一种厌恶的神情。

她小声说道："真可怕……"

"齐娜伊达·费多罗芙娜。"我轻轻地叫了一声她的名字。只见她冷漠、无精打采地看了我一眼，就把眼睛闭上。我在那里站了一会儿，就走开了。

夜里达丽雅告诉我说孩子已经出世，是一个女孩，可是母亲的情形却很危险。随后过道里一直有人跑过，混乱杂闹。达丽雅又到我这里来，带着一种绝望的脸色，扭着两手，说道：

"哦，真是可怕啊！医生怀疑她服了毒！哦，俄国人在这儿的行为多么糟糕啊！"

次日中午十二点，齐娜伊达·费多罗芙娜死了。

（十八）

两年过去了。情况改变，我又来到彼得堡，并且能够公然在这儿居住着。我不再惧怕自己会悲伤，或者是看起来悲伤，我全身心沉浸在齐娜伊达的女儿索尼雅在我心中激起的父爱或崇敬的情感里。我亲自喂她，给她沐浴，把她安放在床上睡觉，彻夜看护着她。每次看见她从奶妈手中即将要摔下来时，我就会惊叫起来。随着时间的流逝，我对平淡的普通生活的渴望越发变得强烈和恼人，可是无边无际的伟大梦想都停留在索尼雅身上，仿佛我在她身上找到我所需要的东西。我疯狂地爱着这个女孩。我在她身上看见了我的生活的延续。最后我摆脱了我这个又长又瘦、长着长胡须的躯壳的时候，我一定要在那双碧绿的小眼睛里，那如丝如麻的黄发里，那双亲密地摸着我的脸儿、搂着我的头颈的粉红小手里，继续生活下去。这不只是我的幻想，而是我深刻地感觉到了，甚至几乎相信。

索尼雅的前途使我非常忧愁。奥尔洛夫是她的父亲，在她的出生证上她的姓为克拉斯诺甫斯卡雅，唯一知道她的存在，而且关心她的人，就是我！可是我已在死神的门口了。我不得不替她慎重设想好。

我到了彼得堡之后就去见奥尔洛夫。给我开门的是一个身材矮胖的老汉，脸上长着红色的颊髯，唇上没有胡须，看他的模样好像是一个德国人。波丽雅正在收拾会客厅，她没有认出我，可是奥尔洛夫却一眼就认出我来了。

他很诧异地看着我，笑道："啊，革命家先生！什么风把你给吹来了？"

他一点儿也没变：仍是那副讨厌的脸儿，仍是那种讥诮的神情。桌上放着一本新书，书中夹着一把象牙小刀，和以往一样。显然，在我没进来以前他正在那里看书。他请我坐下，递给我一支雪茄，带着一种闲适的人所独具的优雅神气，遮掩着被我的脸儿和我那消瘦的身形在他心里引起的厌恶情感，他说我一点儿也没变，虽然我留了胡须，可是他也会很快认出我。我们谈了一会儿天气和巴黎。为了把那个压抑在他和我心头的不得不谈的苦恼问题快速解决，他便问道：

"齐娜伊达已经死了？"

我回答说："是的。"

"因为难产而死的吗？"

"是的，因为难产。医生怀疑她的死另有原因，可是……就当她是因为难产死的，也可使你我心中舒服一点。"

他很得当地叹了一口气，就缄口无言。如同谚语所说：静默的天使在我们这里经过。

他看我在观察书房，就迅速地说道："对，这儿的所有东西都和以前一样，丝毫没有改变。家父已经辞官，现在正在休养。我仍旧在科里工作。你还记得彼卡尔斯基吗？他仍像往常一样，格鲁津在一年前患了白喉症死去了……库库希金还活着，常常讲起你。"奥尔洛夫露出一种谨慎的表情，垂着眼睛，继续说道："而且当库库希金知道你是什么人的时候，就到处说你攻击他，想要谋杀他……说自己好不容易逃了出来。"

我没说话。

奥尔洛夫打趣道："老仆不忘旧主……这句话对于你是非常贴切的。你要喝点酒或咖啡吗？我叫他们去煮。"

"不用，谢谢你。我来见你是为了一件非常重要的事情，奥尔洛夫。"

"我十分不喜欢重要的事情，可是我很乐意帮你的忙，请问是什么事情呢？"

我慌张了起来，说道："你得知道，我带着齐娜伊达的女儿住在这儿……我已经把她抚养到现在，可是你看得出来，我是一个快死的人了。我希望临死前能知道她有了归宿。"

奥尔洛夫的脸红了，皱了一下眉头，严峻看了我一眼。他或者是因为"重要的事情"，更或者是因为我所说的那几句关于死亡的话而感到不愉快。

他仿佛遮蔽日光似的遮着他的眼睛，说道："对，这事应当考虑一下，谢谢你，你说这是一个女孩？"

"对，一个女孩，一个很好的女孩子！"

"对，肯定不是一条哈巴狗，而是一个活人。我想我们应当慎重考虑一下这事。我会尽力，十分感激你。"

他站起来，咬着手指甲，来回地走，然后在一幅画前面停住了。

他背向着我，用一种低沉的声音说："我们对于这事应当想一想，今天我就到彼卡尔斯基家里去，请他到克拉斯诺甫斯基家里去一趟。我想他应该会收留这个孩子。"

"可是，对不起，我不知道克拉斯诺甫斯基和这件事有什么关系。"我站起身来，走到屋子另一头的一幅画那里。

奥尔洛夫说："可是我想，她沿用了他的姓氏！"

"对，他在法律上或许不得不收留这个孩子，我不知道，可是我到你这儿来，奥尔洛夫，不是讨论法律问题的。"

他急忙回应说："对，对，你是对的。我没有任何意思。可是请你不要激动。我们会把这件事情商量得双方都满意。一个办法不好，我们用别的办法，别的办法也不好，就换第三个办法，无论如何这个棘手的问题一定要解决。彼卡尔斯基可以把这事料理妥当的。劳你驾，请把你的住址留下，我们一旦作出决定，我立刻让你知道。你住在什么地方？"

奥尔洛夫写下了我的住址，叹了一口气，带着笑容说：

"哦，主啊，做一个小女儿的父亲是多么烦琐的事情啊！可是彼卡尔斯基会把这事安排妥当的，他是一个机智的人。你在巴黎逗留了多久？"

"两个月。"

我们静默了一会儿。奥尔洛夫害怕我又会谈起那小孩，就把我的注意转移到别的方向去，他说：

"恐怕你现在已经忘了你那封信，可我却把这封信保存着。我明白你那时候的心情，我承认我很敬重那封信。'胆怯的东西'呀，'东方人'呀，'不堪入耳的笑声'呀——这都很有趣，并且很特别。"他带着讥诮的笑容继续说着，"基本思想或许近于真理，然而也可以引起无穷无尽的争论。"说到这里，他迟疑地说："也就是说，不是争论思想自身，而是争论你对于问题的态度——就像你说的，我的生活是不正常的、腐败的，而且对于任何人都是无用的。怯懦妨碍我，使我不能开始新生活——你在这方面说的是对的。可是你太把这事放在心上，太冲动了，因此使自己变得绝望——这是没有道理的。在这方面你错了。"

"当一个活人看见自己，以及其他人都正走向灭亡的时候，他就不由得烦恼，不由得绝望。"

"谁说不呢！我不是替'无情'辩护，我只是希望对生活采取客观的态度。越是客观，犯错的危险就越少。应当考察问题的根源，并且在各种现象里寻找其他原因中的原因。我们软弱、堕落，终于倒下去。我们这代人全都是神经衰弱和无病呻吟的人，我们不做别的事，只一直在谈厌倦啦，疲劳过度啦。可是对这一点负责的既不是你，也不是我，因为我们太渺小了，我们不能影响一代人的命运。我们应当认为这儿有一些重大的和普遍的原因，一些从生物学的观点来看自有其实在意义的原因。我们是神经衰弱的人、软弱的人、改变信仰的人，可是这或许是有益于我们的后代的。'不得天父的意旨，头上不落一根头发下来'——换句话说，就是在自然界和人类中间没有偶然发生的事物。所有事物都有其原因，都是不可避免的。既是如此，那为什么我要烦恼，写些绝望的信件呢？"

我想了一下说道："这话是不错。我相信后代人会更轻松，看得更清楚。我们的经验会对他们有用。可是人们也要过眼前的生活，而不只是为他们着想。生命只有一次，每个人都想认真、睿智、美好地生活。每个人都希望能扮演一个出色的、独立的、高尚的角色，都希望创造历史，让后辈没有权利来指摘你我，或者说我们是无用的东西……我相信身边发生的事情是不可避免的，有其合理性，可是这种必然性和我有什么关系呢？为什么我应当丧失我的主观性呢？"

奥尔洛夫叹气说道："好吧，这是没有办法的。"他一边说，一边站起来，仿佛要我明白，我们的谈话已经结束。

我拿起我的帽子。

奥尔洛夫送我走进前厅，他说："我们只坐了半个钟头，但想想看，我们已经解决了这么多问题啦！所以我愿意接手这件事……今天我就去见彼卡尔斯基……请你放心。"

他站在那里，等着我穿上外衣，显然因为我要离开了，心中油然快活起来。

我说："奥尔洛夫，请把我的信还给我。"

"好的。"

他走到书房去，一分钟后拿着那封信回来，我谢过他，就走了。

次日我接到他的一封信。他庆祝我，说问题有了满意的解决。他在信上说，彼卡尔斯基认识一位太太，她管理着一个近似幼儿园的学校，就连很小的孩子也愿意收留。那位太太完全可靠，不过在和她接洽以前，最好把这件事情和克拉斯诺甫斯基讨论一下——这只是一种形式。他劝我立即去见彼卡尔斯基，如果我有出生证，就随身带去。信的结尾写着："希望你相信你恭敬的仆人的真挚的敬意……奥尔洛夫谨启。"

我看这封信时，索尼雅正坐在桌上，注意地望着我，小眼睛一眨也不眨，仿佛知道她的命运正在被人决定一般。

没意思的故事

（一）

在俄国有一个德高望重的教授，名叫尼古拉·斯捷潘诺维奇，三品官衔，勋章获得者。他有许多俄国的和外国的勋章，每当他挂戴出来的时候，学生们便称他为"圣像壁"。他的所有相识都是极高贵的人，少说些，近二十五年到三十年间，俄国没有一个著名的学者不和他相交的。现在他可不和谁有所交往，但是如果一提起以往的情形，那么他那体面朋友的名单上最末的几个名字，总是皮罗戈夫、加凡林和诗人涅克拉索夫，他们都跟他有极诚挚、极亲切的交情。他是全俄国的大学和三个国外大学的董事。此外，还有许多也值得一提的事情，这许多事情，造就了我这个老教授的所谓名声了。

我的这个名字在俄国凡识字的人都知道。至于在外国，当讲座上提起这个名字的时候，总要加上"著名的""尊贵的"这类字眼。这个名字属于少数幸运的名字里，如果在报纸上辱骂或滥用这些名字会被看做品德不佳的表现。这是理所当然的，因为我的名字与名望很高、很有天赋、对人类有用的概念紧密联系着。我勤恳耐劳，仿佛骆驼一般，这是极重要的，并且富有才能，这个更为重要。说实话，我是个正直、谦虚、有教养的人。我从来没有钻进文学和政治方面出风头，也不愿和不学无术的人打笔战，更不愿在宴会上、在自己同事的坟墓前，公然发表演说……总而言之，我的学者名声并没有一滴污点，对它任何人都无话可说。它真是个幸运的名字呀。

享有这个名字的人，也就是"我"这个六十二岁的男子，头顶光秃，镶着假牙，还患有一种无从治愈的面部痉挛病。我的名字如此光荣、如此优美，我自己却如此老耄、如此丑陋。我的头和手因为衰弱时常颤动，我的脖子和屠格涅夫笔下的女主人公的脖子一样，像大提琴的柄。我的胸是陷下去的，我的背是窄的。我说话或是读书时，嘴要歪到旁边去，若是笑起来，满脸老朽的皱纹。在我那张可怜的脸上竟没有一处动人的地方，只有在我那面部痉挛病发作的时候，脸上才显出一种特别的模样，无论何人看见我，必然生出一种阴森的想法："这个人快要死了。"

我的课讲得依旧不错，还和原先一样，能够吸引住听者的注意力达两小时之久。我的热情，讲解时的文学技巧，滑稽的模样，可以遮盖我嗓音的缺点。我的嗓音既干涩，又尖锐，说起话来好像乞丐在啜泣。我的字写得极坏，脑中管理写字能力的部分已经不听使唤了。我的记忆力极差，思想不大连贯，每逢要把这些思想写在纸上的时候，总觉得仿佛丢失了对有机关系的感觉，结构单调，字句沉闷，且稚嫩。所写的时常不是我所要写的，写到末了，却忘记了头里。有时连极平常的话语都能忘记，写信时我必须费不少劲，去避免出现多余的字句和无用的插语——凡此种种，都可以证明我的智力活动已经衰退了。特别的是，信越简单，我写得越费劲。而做科学上的文章我觉得倒比一封普通道贺的信或报告轻松得多，也通顺得多。还有，用德文或英文写，比我用俄文写要容易得多。

提起我现在的生活状态，先得提我近来正犯着的不眠症。如果别人问我：现在什么是你生存上重要并且根本的事情？我一定回答说：不眠症。按着规律，原先我总在晚上十二点脱了衣服，躺在被子里，一会儿我就睡熟了。可是一到两点钟我便会醒过来，觉得仿佛完全没有睡着过似的。我只好从床上起来，点上灯，在屋里走来走去。总要走一两个钟头，浏览一些久已熟识的图画和照片，走得厌烦了，就往桌子那里坐。我一动不动坐着，心里什么也没想，什么欲望也没有。有时面前摊着一本书，我机械地用手乱翻，毫无趣味地读起来。不久前的一天晚上，我心不在焉地读完一本小说，书名十分奇怪，叫《燕儿唱些什么》。有时候我为集中自己的注意力，强使自己从一数到一千，或者想象同事中某人的面容，回忆他在哪年、在什么情形下来教书的。我爱静听各种声音。一会儿在跟我相隔两间房的一间房子里，我的女儿正唠唠叨叨说着谵语，一会儿妻子提着灯儿，走过大厅，啪嗒一下，火柴盒总会掉落地上，一会儿干裂的橱柜门响了，一会儿灯上的瓦斯管出人不意地放气了——所有这些声音不知什么缘故，都能惊扰我的心灵。

　　晚上睡不着，就会时时刻刻觉得自己不正常，所以我总是不耐烦地等待着早晨和白天，到那时候我就有不睡的权利了。过了许多死气沉沉的时间，院子里才听见鸡儿啼叫，这是我听到的第一个报告福音的声音。鸡儿一叫，我就知道一个钟头后，楼底下的看门人便要醒了，但听见他很生气地咳着，顺着扶梯走上来。之后窗外的天色渐渐开始发白了，街上人声也渐渐传扬开去……

　　妻子一进来，我的白天就算开始了。她穿好裙子，走到我房里来，头发还没有梳好，可是已经洗完脸，身上洒了许多香水，并且装出一种仿佛不经意进来的表情，每次总说同样的话："请原谅，我一会儿就出去……你又睡不着吗？"

于是她便把灯儿灭掉，坐在桌子旁边说起话来。我并不是先知，但是能预知她要说什么。每天早晨老是那一套。在很惊慌地询问我健康情形以后，她会忽然忆起我们的儿子——在华沙服役的军官。每月二十号之后，我们总要寄给他五十卢布——这就成了我们的主要话题。

我妻子时常叹道："自然，我们这种负担是很重的，但是当他还没有站住脚的时候，我们就应该帮助他。孩子在异乡服役，薪水又少……不过你如果乐意，下月可以寄给他四十卢布，不必再寄五十卢布了。你认为怎样？"

日常的经验照理应该使我的妻子深信我们的支出并不会因为我们时常谈到它就减少，但是我的妻子不承认经验，每天早晨必定还是谨谨慎慎地讲我们那个军官儿子，絮絮叨叨地说面包更便宜了，糖却贵了两个戈比——说话的口气仿佛是将新闻报告给我听似的。

我听着，机械地答应着，大概是因为一夜没睡的缘故，我满脑子是奇怪且无用的思想。我看着自己的妻子，不禁像孩子似的惊奇起来。我又惊又疑地自问：难道这个又老又肥又呆笨的妇人，这个带着一肚子琐碎的烦恼，为区区一块面包担惊受怕，为债务和贫穷操心，目光也变得迟钝，总是露出一副蠢相，而且一开口只会谈家中支出、东西降价才见笑容的妇人，就是当初我最亲爱的、最美丽的、最聪明的、最诚洁的，并且看重我的学问的那个瓦丽雅？难道这个妇人就是给我生下儿子的我的妻子瓦丽雅？

我注意地望着这个又老又呆笨的老妇人的脸，想要在她脸上找出那个瓦丽雅来，但是她的脸上只存留着对于我的健康的担忧，称我的薪俸为我们的薪俸、称我的帽子为我们的帽子的那种态度。我看着她，不由得感到很痛苦，为了多少安慰她起见，我也只得听凭她说去。当她极不公道地判断别人，或者怪我不着手做实际的事业、不出版教科书的时候，我甚至默着声不说一句话了。

我们的谈话也有老一套的结束方式。她忽然想起我还没有喝茶，便惊惧起来，立起身说道："我坐着做什么？水壶早就放在桌上，我却还在这里唠唠叨叨说个不住。唉，我这个人真是没有记性呵！"

于是她便匆匆地站起来，走在门口又站住了，说道："我们欠叶郭尔五个月的工钱了。你知道吗？仆人的薪水不可拖欠，我说了多少遍呀！每月发给十个卢布比每五个月发五十卢布容易得多哩！"

她走到门外，又站住了，说道："我谁也不可怜，只可怜我那不幸的丽萨。那个小姑娘在音乐学校里学习，时常在上等社会里走动，可是衣服穿得真不像样子。那种皮大衣都不好意思穿到街上去。如果她是别人家的女儿，那还不要紧，可是大家都知道她的父亲是有名的教授，三品高官呢！"

她用我的名字和官位责备了我一会儿才走开了。我的白天就是这样开始的，可是之后也不见得好。

我喝茶的时候，我的丽萨走到我跟前，她穿着皮大衣，戴着帽子，腋下夹着乐谱，准备到音乐学校去了。她二十二岁。模样看上去还要更年轻些，容貌颇美丽，有点像我妻子年轻的时候。她极柔和地亲我的额和手，说道："爸爸，你好呀，你身体好吗？"

小时候她很爱吃冰淇淋，我也时常带她到糖果店去。冰淇淋在她看来是一切美好东西的范例。如果她打算夸奖我，她就说："爸爸，你是奶油冰淇淋。"她的一只手指叫做香榧，第二只手指叫做奶油冰淇淋，第三只手指叫做马林果冰淇淋。每逢早晨她到我面前来请安的时候，我就把她按坐在自己膝上，一面亲她的手指，一面说道："奶油冰淇淋……香榧……柠檬冰淇淋……"

现在我还是习惯性地亲丽萨的手指，喃喃地说道："香榧……奶油冰淇淋……柠檬冰淇淋……"但是我的声音却完全不是这样。我冷冰冰的，像冰淇淋一般，我不由得害羞起来。当我那女儿走到我面前来，用嘴唇触我的额头时，我哆嗦了一下，仿佛一只胡蜂蜇我一般勉强含着笑，把脸扭开。自从我害不眠症以来，我的脑里总在想一个问题：我的女儿时常看到我这个老头儿，一个名人，竟因为欠仆人的钱痛苦地脸红起来。她还看到小小的债务带来的烦恼，时常使我丢下工作，在房间里踱来踱去，一连走上好几个小时想心事，但是为什么她没有一次瞒着她母亲到我面前来轻轻说"爸爸，这是我的表、腕饰、耳环、衣裳……你要用钱，请你把这些东西拿去当了"呢？又为什么她既看到我同她母亲因为要面子，竭力遮掩自己的贫穷，不使别人知道，却不放弃学音乐这种昂贵的享受呢？我不会接受她的时表、腕饰和各种其他东西，随她去吧——我不需要这些。

我不由得得意起自己的儿子——华沙的军官来。他是一个聪明、正直、头脑清醒的人。我想，如果我有这么一位老父亲，知道他正在为自己的贫穷害羞，那么我一定会把军官的职务交付给别人，自己去做仆人。关于儿女的这些思想使我心里十分难过，要他们做什么呢？只有心地狭窄或满怀愤恨的人，才会因为平常人不是英雄，而对他们抱有恶感。这些不提也罢。

到了九点三刻，我必须给我那些可爱的孩子们讲课去。我穿上衣服，走到街上。这条街我走了三十余年，对于我来说，它自有属于它自己的历史。那儿是灰色的大房子，开着一家药房。这儿从前有一所小房子，房子里有一间存放黑麦酒的屋子，我就在那间屋子里想自己的毕业论文，并且给瓦丽雅写了第一封情书。我是用铅笔写的，写在上头标有"病历"字样的一张纸上。那儿有一家杂货铺。当初铺子的掌柜是一个犹太人，曾赊过我买纸烟的账，后来掌柜又换了一个肥胖的妇人，很爱学生们，因为"他们每人都有母亲"。现在却坐着一个蓝脸的商人，露出极冷淡的神气，用铜壶喝茶。那不是大学破败的、历久不修的大门吗？没精打采穿着羊皮袄的看门人、扫帚、雪堆……在来自内地，想象科学的宫殿就是宫殿的活泼的儿童心上，对于这样的大门是不会留下什么良好印象的。总而言之，大学建筑的旧朽，回廊的暗淡，墙壁的烟黑，光线的缺乏，台阶、挂架和长凳的凄凉模样，在俄国悲观主义的历史上，可以占领第一把交椅……那不是我们的花园吗？自从我做了大学生以来，这个花园大概既不能算好，也不能算坏。我并不喜欢它。如果用高大的松树和好看的橡树代替害痨病似的菩提树、黄澄澄的金合欢树和剃去"头发"的丁香树，那么也许还能好些。学生的心理大半受着环境的支配，在他们所受教的地方，无论走到哪里看到的都应该是高大、强壮、美好的东西……

我一走近台阶，门儿便开了，我那老同事、看门人尼古拉出来迎接我。他和我同岁又同名。他一面让我进去，一面咳嗽着说道："天冷呢，大人！"如果我的大衣湿了，他就说道："下雨呢，大人！"

随后他就赶在我前面跑着，给我打开一路上所有的门。到了办公室，他小心替我脱掉大衣，同时把学校新闻报告给我听。因为全校的看门人和守卫的交情都很好，所以他能知道四个系、办事处、校长室、图书馆里发生的一切事情。他有什么事不知道的呢？遇到学校发生什么大事的时候，譬如校长或系主任辞职，我就听见他同年轻的守卫聊天，把候补人一个个数出来，还要说明部长不准某人自行辞职，然后再添油加醋，如办公室收到几封秘密信呀，部长同督学秘密谈话呀等等。如果能除去这些细节，那么他的话大体是对的。他对每个候补人的特性描述得很别致，可也是很正确的。如果你想知道谁在哪年提交学位论文，谁就职，谁辞职，谁死亡，那么可以把他叫来，用他伟大的记忆力来帮助你，他不但能给你指出年月日，并且还能说出这桩事实相关的琐碎细节来。这样的记忆只有恋爱中的人才能够拥有。

他是大学传说的保存人。他从前任看门人那里获得了许多大学生活掌故这样一份遗产，在这笔遗产上又加上自己服务期间所取得的许多宝贝，只要你愿意，他可以把许多或长或短的历史讲给你听。他会讲知道一切的、异乎寻常的聪明人；整礼拜不睡觉刻苦钻研的人；许多科学的殉难人和牺牲者。在他看来，"善"可以战胜"恶"；"弱者"时常战胜"强者"；"智者"战胜"愚者"；"谦恭者"战胜"骄傲者"；"青年"战胜"老人"……也不必把这些传说和异事认做纯粹的金子，只要把它们滤一遍，在滤斗里总可以留下些东西——那就是我们的优良传统和大家所公认的真正的英雄的名字。

在我们的社会里关于学者世界的全部消息，只限于一些老教授精神异常的故事以及关于格罗贝、我和柏布兴的两三个笑话罢了。在知识界这点消息未免太少了。如果这个社会热爱科学、学者和学生，和尼古拉一般，那么文学早就有了完整的纪事诗、叙事文和传略，可惜这些东西直到现在都还没有。

尼古拉把新闻告诉我以后，脸上倏地变得严肃起来，于是我们就开始事务上的谈话了。如果在那个时候有人听见尼古拉怎样自在地搬运那些名词，一定会以为他是一位假装成兵士的学者。顺便说一句，关于大学里的校役有学问的传言是极大夸张了的。虽然尼古拉知道好几百个拉丁词，懂得拼凑骸骨，有时还会准备器械，引用课本上文绉绉的长句来和学生们逗笑，但是关于血液循环的并不复杂的学说，他现在依旧和二十年前一样，觉得难懂得很。

在我的办公室里，我的解剖员彼得·伊格纳捷维奇坐在桌旁，低头在看一本书或一个实验标本。他为人勤恳耐劳，性格又很谦恭，但是命运却很恶劣，年纪三十五岁，头已秃白，肚腹极大。他从早到晚在那里做工，书读得很多，所有读过的书都还能记得——因此可以说他不是人，而是金子。至于其他方面，他却是一匹塞马，换而言之，不过是一个书痴罢了。他的眼界是狭窄的，只注意专业知识。专业知识以外，他就像小孩似的一事不懂了。所以说他是一匹赛马。记得有一天早晨我走进办公室，说道："你看，真不幸呀！听说斯科别列夫死了。"

尼古拉当即画起十字来，彼得·伊格纳捷维奇却回转身，向我问道："斯科别列夫是谁呢？"

还有一次——稍早些的时候——我告诉他说彼得洛夫教授死了。不料那位可爱的彼得·伊格纳捷维奇竟问道："他是教什么的？"

看来，即使在他耳根下面唱歌，或说中国人把俄国完全攻克了，或者发生了大地震，他也不会动一动身体，而会慢腾腾地用闪动的眼睛向自己的显微镜里看着。总而言之，世界上发生的所有的事情都与他无关。我真想看看这块干面包到了晚上是怎样同他的妻子一块儿睡觉的。

第二个特点是他狂信科学和一切德国人所说的话的正确性。他相信自己，相信自己的器械，知道人生的目的，完全不了解那使天才衰老的疑惑和失望，奴隶似的崇拜威权和缺乏独立思想。打消他的信念是困难的，和他辩论更属不可能。一个人既然深信"最好的科学就是医学，最好的人就是医生，最好的传统就是医学传统"，那就跟他去辩论一下吧。从医学不幸的历史中，只遗留下一种传统——就是现在医生们所戴的白领带。对于学者和一切有知识的人，只可能存在一个共同的大学传统，不必去分医科的和法科的传统，但是彼得·伊格纳捷维奇很难赞成这件事情，他准会同你辩论到世界末日。

他的将来我想是很明显的。他这一生会准备做好几百份特别精确的实验标本，会写许多枯燥的，但是很平稳的论文，准确地译出十多篇文章，但是干不出什么大事来。做大事需要的是想象、发明和才能，可是彼得·伊格纳捷维奇完全不具备这些。简单说来，他不是科学的主人，而是科学的仆人。

我和彼得·伊格纳捷维奇、尼古拉三人彼此谈话声音都很轻。我们都有点不自在。那时候讲堂里的喧哗声似海吼一般传来，不由得让人产生一种特别的感觉。三十年来我还是没习惯这种感觉，可每天早晨总要来这么一次。我恼恨地扣上纽扣，给尼古拉提出几个不相干的问题，生起气来……好像我害怕似的，却又不是胆怯，是别的一种，为我所不能指出、不能描述的感觉。

我随意看了看表，说道："怎么啦？应该走啦？"

我们按次序向讲堂走去，尼古拉拿着器械或地图走在前面，我跟在后边，那匹"蹇马"垂着脑袋，在我后面走着。或者有时候许多人在前面抬着骨骸，尼古拉跟在骨骸后面走着。我一进去，学生们都立起来，然后坐下，海洋似的喧哗声顿时平静了下去。一片安静。

我知道我要讲什么，但是我不知道怎样讲，从哪里开头，到哪里结束。脑子里没有准备好一句话。但是我只须扫一眼讲堂，（这个讲堂是椭圆形建筑）说出那句套话："上一回我们讲到……"到那时许多语句就从我的灵魂里依次飞出来。我一口气讲下去，讲得很快，刹都刹不住，好像没有一种力量能够打断我的话似的。要讲得好，不使人讨厌，且让听众得益，除了才能以外，还要有技巧和经验，对于自己的力量，听讲的人众和所讲的材料，都要有极清楚的概念才行。此外，还要胸有成竹、观察敏锐，一分一秒都不失见地才好。

好的指挥家传达作曲家的思想时，要同时做二十桩事情：一面瞧着乐谱，一面挥着棒儿，一面观察着唱歌的人，一面向旁边打鼓、吹笛的人做手势……在我面前有一百五十个各不相同的人，有三百只眼睛直看着我的脸。我的目的就是降伏这个多头的"水蛇"。如果我在讲课的每一分钟里清楚了解"水蛇"的注意程度和理解能力，那么它就在我掌控之中了。我的第二个敌人则在我自身里面——那是五花八门的公式、现象、法则和受这些所约束的我和他人的复杂思想。我得随时很灵活地从一大堆材料中捡出最重要、最必需的东西，随着我的说话，把自己的思想放进那种为"水蛇"所能够理解并且可以引起他们注意力的形式里去，同时还得敏锐地观察，使思想不能堆在一块端出来，而应当像组成我要描绘的画面那样按部就班地道出。还有，我极力使我的语言带着文学的色彩，定义简明而准确，话语朴素而优美。我得随时控制自己，记得我只有一小时四十分钟。总而言之，要做的事不少。在同一时间内自己既是学者、教育家，还是演说家，如果演说家胜过了教育家和学者，或者相反，事情便坏了。

讲了一刻钟或半小时后，就可以看见学生们开始望着屋顶，望着彼得·伊格纳捷维奇，这个往口袋里掏手巾，那个在椅子上动来动去，还有的却在那里微笑着出神——那意味着他们的注意力疲乏了。应该想个法儿才好，我抓住机会，说一个双关语出来，顿时一百五十张脸全都微笑起来，眼睛快活地闪着，一时间又可以听见海洋般的喧哗声……我也笑了。注意力重新恢复，我可以继续讲下去了。

无论是打猎、玩乐、游戏，总不能使我像讲课一般能够给我许多快乐。只有在讲课时我才能生出满腔热情，才会明白灵感不是诗人的胡诌，却是实在有的。我想，我每次在讲完课后所感受到的那种舒服的疲劳，就连赫拉克勒斯在完成英雄壮举后也未必体会得到。

这都是以前的情形。现在我对于讲课一事，却只觉得受罪。还没有过半个钟头，我已经觉得大腿和肩膀累得不行了，只得坐在椅子上。但是坐着讲课我又不大习惯，过了几分钟我便站起来，后来又坐下去，嘴里干得很，嗓音哑了，头也眩晕了……为了不让学生们看出我的这种状态，我便喝一口水，咳嗽一声，有时还要擤一擤鼻子，仿佛因为感冒才讲不下去。我时常说些不得当的俏皮话，后来竟提早宣告休息。但是无论如何我总觉得惭愧得很。我的良心和良知告诉我，现在我能够做的最好的事情，就是给学生们讲最后一次课，跟他们告别，给他们祝福，把位置让给比我年轻、比我强有力的人才好。可是，让上帝来审判我吧，我实在缺乏勇气捧着良心做事。

不幸，我不是哲学家，也不是神学家。我知道我活不了半年了。看来我现在应该多研究死后的世界、我在地下会梦到什么幻象的问题了。但是不知道什么缘故，我的灵魂竟不愿意知道这些问题，虽然我的头脑承认那是很重要的事情。虽然现在我面临死亡，但仍跟二三十年前一样，我所喜欢的只有科学一样东西。直到发出最后的叹息的时候，我仍旧相信科学是人生最要紧、最美好、最需要的东西，它已经是——而且终归是"爱"的最高表现，只有凭借它，人类才能战胜大自然和自身。这种信仰也许是幼稚的，而且在根据上是不合理的。但是我只相信这个，不相信其他，这不能怪我。我实在没法战胜这种信仰呀。

但是事实并不如此。我只请求人们宽恕我的弱点，并且理解，把一个关注脑骨的发展史胜过关心宇宙终极目的的人拖下讲台，硬把他跟学生分开，简直和把他捉住、不等他死就放进棺材里活埋一般。

我因为患了不眠之症，还因为与渐渐增长的衰弱的斗争，在我身上竟起了一种奇怪的变化。讲课中途嗓子忽然被眼泪塞住，眼睛也开始痒起来了，我竟生出一种热烈的、急切的欲望，想向前伸出手，大声呼喊起来。我想大声喊叫：像我这样有名的人，命运竟判了死刑，再过半年，这个讲堂便要由别人来主持了；我想喊叫：我中毒了，我以前不知道的新思想毒害了我一生的残余岁月，像蚊子似的蜇我的脑筋。这个时候我的情况实在可怕，竟要使所有听讲的人都恐惧起来，从座位上跳起，心惊胆战地喊着奔出门去。

这样的光景真是不容易忍受呀。

（二）

讲完课后我坐在家里工作，看杂志和学位论文或准备下次的讲稿，有时还要提起笔来写些什么。我的工作时常中断，因为要接待宾客。

铃声响了，这是一个同事过来找我谈事务的。他手里拿着帽儿和手杖走进来，一边鞠躬一边说道："我坐一会儿就走，坐一会儿就走！请坐吧！只有两句话！"

第一件事情就是我们竭力向对方表明，我们的交情极好，彼此相见十分高兴。我请他坐在椅上，他也请我坐下，然后两人小心地碰碰对方的衣服，摸摸衣服上的纽扣，好像我们在彼此试探，生怕烫了手指似的。我们虽然没说什么可笑的话，却都在那里笑着。就座以后，我们又都俯下头去，开始轻轻地说起话来。无论我们心里面彼此怎样不对付，我们不得不在自己的谈话里用上中国式的客气话，例如"阁下明察秋毫"或"在下已经荣幸地奉告"等语，要是谁说了什么笑话，既使并不好笑，也不能不哈哈地笑着。同事说完一件事情以后，倏地立起身来，朝着我的文稿挥了挥帽儿，便告别了。又须握手，言笑着。我送他到前厅，帮他穿上大衣，可是他一定要拒绝这种高尚的礼节。随后叶郭尔开了门，同事请我止步，说怕我着凉，而我一定要做出那种准备送他到街上的姿态。后来我回到自己书房里，脸上还在继续微笑着，大概是因为习惯的缘故。

等了一会儿，第二次铃响了。一个人走进前厅，脱了半天衣，一边还咳嗽着。叶郭尔进来禀报说来了一位学生，我说请吧。过了一分钟，一个外表体面的少年人走进来。哎哟，我同他处在紧张关系下已经有一年多了。他曾经很嫌恶地回答我的问题，我只得给他一分。像这样的少年，经我卡住或刷下来的（用学生们的话来说），每年总有七个人。那些因为没有能力或因为生病不能考试的学生，时常很痛苦地负着自己的十字架，并不来找我啰唆。到我家里来啰唆的都是些多血质的人，考试被刷破坏了他们的食欲，胃口也倒了，连戏都没法准时去听了。我对第一种人总是宽宏大量，但对第二种人就"卡住"整整一年。

我对那客人说："请坐吧，你有什么事？"

他吃吃地说起来，不敢看我的脸。"教授，惊扰的地方请你原谅，我本也不敢来惊动你老人家，要不是……我在你手上已经考过五次，却……总是降班留级。请你行个善，让我'及格'了吧，因为……"

许多懒惰的人为自己辩护的工具总是一样的：他们其他功课都考得很好，唯独我的课偏生考坏了，尤其奇怪的就是，他们对于我那门课还非常用心，而他们所以考坏的缘故是因为某种无法理解的差错。

我当时对那客人说道："我的朋友，请你原谅我，要我给你及格，是万万不能的。请你再去温习一下讲义，再来找我，到那时候再看吧。"

室内陡然静默起来。我有意让这个学生受点苦，因为他爱啤酒和歌剧甚于科学，所以我就叹了一口气，说道："据我看来，你现在能够做的最好的事情，就是索性脱离医科。以你这样的能力，却每次考不及格，可见你真是没有当医生的心和志向。"

多血质的人的脸色不由得变了。

他冷笑说道："教授，对不起。但是从我一方面看来，未免有点奇怪。学了五年一下子忽然……不学了！"

"嗯，不过与其一辈子做自己不喜欢做的工作，还不如放弃这五年的工夫。"

我说完这句话，立刻却又疼惜起他来，赶紧又说道："不过这也随你自己，还是去把功课温习一下再来。"

懒惰的人喃喃问道："什么时候来呢？"

"随便什么时候，明天也行。"

在他那双善良的眼睛里我看出这样的意思："来是可以的，但是你这个畜生还是会卡我的！"

我说道："你在我这儿就是再考十五次，也是不可能成为有学问的人，但这样可以锻炼你的性格。"

又是一阵静默。我站起身来，等待客人走出去，可是他依旧站在那里，望着窗户，捻着自己的胡子，在那里想心事。我不由得烦闷起来。

那个多血质的人声音圆润悦耳，眼睛机灵且含着笑意，面容和善，不过因为常喝啤酒且长久躺在椅上的缘故，有点浮肿。看样子他本来可以给我讲许多歌剧、自己恋爱的历史和所爱的同伴的有趣的事情，但眼下不是讲这种事的时候。

"教授，我以人格担保，如果你能让我及格，那么我……"

他刚说到"人格担保"，我立刻挥了挥手坐在椅子上了。那个学生又想了一分钟，才垂头丧气地说道："既然这样，那就再见吧……请你原谅。"

"我的朋友，再会吧，祝你健康。"

他犹豫地走到前厅，慢慢地穿起衣服，走到街上，大概又在那里想了很久，可是除了骂我一声"老鬼"以外，再也想不出什么来，只得气吁吁地到小饭店里去喝啤酒、啃面包，然后就回家睡去了。

第三次铃响了，一个年轻的医生走了进来，他穿着一身新衣裳，戴着一副金边眼镜，自然还系着一条白领结。彼此介绍过后，我请他坐下，问来此有何事情。那个年轻的医生不免有点着慌的样子，对我说今年他已经通过医学学位的考试，现在他只剩写论文这桩事情了。

他打算在我的指导下写作，如果我能给他一个论文题目，那么他一定会感激不尽的。

我说道："我们既是同业，很高兴为你效劳。但是我们先来研究研究什么叫做论文，这个字的意义包含着独立创作所成的著作。那么用别人的题目，受别人的指导所做的著作就不能这样称呼了……"

那个医学生沉默着一句话也不说。我不由得冒起火来，从座位上跳起来，喊道："我真不明白，怎么你们全都跑到我家来？我家难道是一家店铺吗？我又不卖题！千万次请求你们大家让我安安静静地活一会儿吧！原谅我这么粗鲁，但是我始终是很厌烦这种事情的！"

医学生依旧静默着，只是脸颊的附近显出微微的红晕，脸上露出对我的声望和学问万分敬重的神情，可是在他的眼睛里我看出他很蔑视我的声音、我可怜的面貌和神经质的颤动。我一发怒，他就觉得我是一个怪物。

我生气地说道："我这里不是店铺！真是怪事！为什么你不愿意独立呢？为什么你这样反对自由呢？"

我说了很多，他始终一声不响。后来我慢慢平静下来，当然也就让步了。那个医学生从我这儿得到了毫无价值的题目，并将在我的指导下写一篇毫无用处的论文，通过枯燥的答辩后，得到于他毫无用处的学位。

铃声可能连续不断地一次次响起，可是我在这儿只限于写完四次铃响就算了。第四次铃声响起，我听见一阵熟悉的脚步声、衣裳窸窣的声音和柔和的语声……

十八年前我的一位眼科医生同事去世了，身后遗下一个七岁的女儿卡嘉和一千零六十卢布的银钱，他在自己的遗嘱里指定我做他女儿的监护人。卡嘉十岁以前住在我家里，以后就送到学校去了，所以只有到夏天暑假的时候住在我这儿。我实在没有工夫过问她的教育，只能有空时偶尔注意一下，所以有关她小时候的状况我能说的很少。

第一桩使我喜欢回忆的事情，就是她搬到我家时，小脸上表现出来的不同寻常的信任。那时候她正病着，请医生诊视，但见她坐在屋隅，脸颊上一半蒙着白布，专注地看着什么东西。不管是看我写字、翻书，看我妻子忙忙碌碌，或者看厨娘在厨房里削土豆皮，或者看狗儿玩耍，她的眼睛总是不变地表现出同一个信念，那就是"所有在这个世界上做的事情都是美好合理的"。她有着特别的好奇心，很喜欢同我谈天。有一次，她坐在我的桌子旁，面对着我，注意我的动作，提出一些问题。她很想知道我读的是什么书，我在大学里做什么事，怕不怕骸骨，每月的薪水怎样用法。

她时常问我："大学里学生们打架不？"

"亲爱的，他们也时常打架。"

"但是你不罚他们跪吗？"

"自然罚的。"

她想到大学生打架，我罚他们跪下，觉得好笑，就笑了。她是个温和、坚忍，并且善良的小孩。我几次看见别人夺去她什么东西，她无故被惩，或者她的好奇心得不到满足时，在她的脸上，那种信任的表情混合了一种悲哀的神情——如此而已。我不知道怎么保护她才好，不过看见她难过，我就很想把她拉到我怀里，用老保姆疼爱的声音说"我可怜的小孤儿啊"来安慰她。

我记得她爱穿好衣服，爱洒香水。在这方面上她很像我。我也是爱漂亮衣服和好香水的。

卡嘉在十四五岁的时候，已经完全被一种嗜好抓住了，可惜我没有工夫，也没有意愿去留意她这种嗜好的起源和发展。我可以讲一讲她对于戏剧的嗜好。放假时她从学校搬到我家里住，她所讲的其他话，总没有讲戏曲及演员那样愉快且热烈的了。她老是谈戏剧，我们都听腻了。妻子和孩子不听她说，只有我一个人没有拒绝听她说的勇气。当她想找人谈一谈她的痴迷时，她便走到我书房里来，哀声说道："尼古拉·斯捷潘诺维奇，请允许我同你谈一谈戏剧！"

我把表给她看，说道："可以给你半个钟头的时间，你讲吧。"

以后她竟带来好几打男女演员的相片，都是她平生十分崇拜的人。之后她多次参加学生业余演出，到毕业时，她竟对我宣告说，她生来就是做演员的。

我从来不赞同卡嘉这样迷恋戏剧。依我看，如果剧本是好的，那么要使它产生出应有的印象，就没有必要麻烦演员，只需看一遍剧本就好了；但是如果剧本不好，那么无论怎么演都是演不好的。

幼年时我常到剧院里去，现在每年只有一两次家里订好了包厢，才拖我去看。自然这还不足以让我配有议论戏院的权利，但是我还是想说上几句。依我看来，现在的剧院比起三四十年前来不见得更好。走廊和休息室里依旧找不到一杯清水。尽管冬天穿着厚大衣并不应该受到责难，但仆役依旧在为我有好厚大衣后，敲诈了我二十个戈比。依旧在休息的时候无缘无故地奏着音乐，为戏剧造成的印象添上些没人需要的新东西。男人们依旧在休息的时候跑到饮食部去喝含酒精的饮料。如果在琐事上不见什么进步，那么我也就不必往大的事情上去追求了。当有些演员从上到下笼罩在舞台习气和成见中，极力不把一句普通的独白"活着，还是死去"简单地说出来，嘴里还带着咝咝声、浑身哆嗦着的时候，或者当他们竭力使我相信那个老跟傻子说话并且爱上一个傻女人的查斯基是个聪明人，而《聪明误》不是一出沉闷的戏的时候，我便想起四十年前观看古典主义戏剧时使我腻味的那种刻板演技。每次我从剧场里出来时总觉得比进去时更保守些。

多愁善感、易于轻信的观众可能相信现在这种形式的戏院可以算是一种学校。但是有谁知道学校的真正意义呢？如果知道就不会这么想了。我不知道五十年或一百年后是怎样的，可是照现在这种情形看来，戏院只能当做一种娱乐。但是这种娱乐享受起来，代价是昂贵的。它能夺去国家数千年轻力壮、有才的男女，这些男女如果不献身于舞台事业，便能做很好的医生、农夫、教师、军官。它还能夺去群众晚上的时间，而这是从事脑力劳动、和朋友谈话的最好时光。至于金钱上的浪费以及观众在看了舞台上不正当的谋杀、奸淫和诽谤后道德上的损害，那更是不必说了。

卡嘉的看法却完全不是这样的。她硬要我相信戏院即使像现在这种样子，也是高于讲堂、高于书籍、高于世上一切东西的。戏剧是把所有艺术融为一体的力量，演员便是传教士。无论什么艺术或科学都不能如戏剧一般深入到人类的心灵里面，所以中等才能的演员在国内比起最好的学者或艺术家，享有更大的名望，并不是偶然和侥幸的。而且，无论什么样的公共事业都不能像舞台事业那样给人那么多的快乐和满足。

于是，有一天，卡嘉竟加入戏班，跑到乌法城里去了，随身带去了许多银钱、彩虹似的希望和对事业的崇高看法。

她在途中寄来的第一批信是异常美好的。我读着那些信，简直惊讶起来，怎么这几页小张纸能包含如许青春的朝气、心灵的纯洁、神圣的质朴和男子所不能及的老练的判断？伏尔加河呀，自然呀，足迹所经的城市呀，同事呀，自己的成功和失败呀，她不是在描写，而是在歌唱。字里行间都透出我以往在她脸上常见的那种信任，同时信上还有许多文法上的错误，差不多没有标点符号。

不到半年的工夫，我又接到一封极富诗趣、热情洋溢的信，劈头就是这么一句话："我恋爱了。"信里还附着一张相片，相片上是一位年轻的男子，脸儿剃得光滑无比，戴着宽檐的帽儿，肩上搭着一件花格绒布衣。之后的几封信依旧是很华丽的，不过标点符号已加上，文法上的错误也已消失，字里行间强烈地带着男子的口气。卡嘉开始在信中说最好能在伏尔加河旁集股建造一所大戏场，吸引富商和阔船主到这个事业里来。到时钱多了，观众也会多起来，演员可以和公司订立条件，到新剧场演出……也许这一切是很好，但是我认为这样的企图只能出自男子的脑筋。

不管怎样，一两年里，所有事情显得十分顺遂：卡嘉在恋爱并极相信自己的事业，可以说是很幸福的。但是在之后的信里，我渐渐看出明显的失败迹象。卡嘉开始在信里抱怨起自己的同事来——这是第一个不吉之兆。如果年轻的学者或文学家从苦骂学者或文学家开始自己的事业，那么他算是已经沉溺下去，无济于事了。卡嘉写信给我，说她的同事们不肯排练，不了解自己的角色，在闹剧的布景和在舞台上的动作方面，表现出对观众不敬的态度。总而言之，让人惊奇的是，这种现象到现在还没有损害内地的演出事业，这种脆弱且腐朽的机体竟还能维持而不倒。

我回了一封很长很乏味的信给卡嘉。我对她说："我时常同一些老演员、一些愿意与我结交的正直的人谈话。从他们的谈话里，我明白指导他们的事业的不仅是个人的智慧和自由意志，还有社会的风气和趋势的因素。连最好的演员一生中也不得不时而演悲剧、时而演歌剧、时而演巴黎滑稽戏、时而演神话剧，不过他们觉得自己走的是一条正道，且对社会有益，那就是说，恶的原因应该不是在演员身上，而在较深的地方，在社会对于艺术的态度上。"我这封信反而惹恼了卡嘉。她回信说："我跟你谈的是两码事。我信中对你说的不是那些愿意与你交往的正直的人，却是一群与'正直'毫不相干的奸猾之人。简直是一伙野人，跑到舞台上来混饭吃不过是因为别处没有地方可以容纳他们，他们管自己叫演员，那也不过因为他们无耻的缘故。没有一个人是有才能的，全是些庸才、酒鬼、阴谋家和造谣者。我无法告诉我是多么痛心，我所忧的是我所热爱的艺术竟落在我所妒恨的人的手里，更使我愁苦的是，最优秀的人只是远远地看着这种坏现象，不愿意跑近前去，非但不出头想办法，还用那拙劣的文体写些普通的文章和毫无用处的道德说教……"诸如此类，往下还有许多这样的话。

过了没多久，我又收到一封信，信中说："我竟被无心肝的人骗了，我不能再活下去了，请你帮助处理我的那些钱。我爱你，把你当做我的父亲和唯一的好友。请你饶恕我吧。"

原来她的"他"也属于那些"野人"一党。之后我凭某些迹象推测，她曾经想过自杀。大概卡嘉曾服毒自尽过。想必她后来生了一场大病，因为后来的信是从雅尔塔寄来的，多半是医生帮她送到那儿去的。她最后写给我的一封信里恳求我赶快汇一千卢布到雅尔塔，结语是这样写的："请你原谅我，这封信写得太潦草了。昨天我把自己的小孩安葬了。"她在克利米亚住了大约半年的工夫，便回家来了。

她差不多游历了四年光景，这四年里，我跟她的关系上，我扮演了一个不值得羡慕的、奇怪的角色。她先是对我说要当演员，后来写信给我讲到她的恋爱，每过段时间就要花不少钱，我不得不依着她的要求汇给她一千卢布、两千卢布。后来她讲到自己想死及后来的小孩夭亡的事情，每次我都异常着慌，想得很多，也写了很多很长很沉闷的信，这些信完全没有写的必要，我对她的命运的同情也只表现在这一点上。但话说回来，我是以父亲的身份对待她如自己的亲生女儿！

现在卡嘉住的地方离我家半俄里路。她租了一套有五间屋子的寓所，里面布置得十分体面，很合她自己的习惯。如果有人要着手画她室内的布置，那么这个画面最突出的情调就是"懒散"。为了懒惰的身体，布置了软躺椅和软凳子；为了懒惰的脚，铺上了地毯；为了懒惰的眼睛，用的是不鲜明的、暗淡的或不透光的颜色；为了懒惰的心灵，在墙上挂满了廉价的扇子和零碎的画片，画片的画法超过了其内容。许多小桌子和小架子上，放着完全没有用处、没有价值的摆设，形式不规则的布片代替了窗帘……这一切加上对鲜明色彩的恐惧，对整齐和空旷的恐惧，不但证明了心灵上的懒惰，也证明了自然秉性的变坏。卡嘉整天躺在长椅上读书，所读的大半是小说一类。她每天只有下午会出门一趟，来和我见一面。

我做我的事，卡嘉坐在离我不远的长椅上沉默着，一句话也不说，身上裹着大衣，仿佛很冷似的。她到这里来，并不会妨碍我的工作，也许是因为她还是小女孩的时候就时常过来，所以了解我的习惯。我偶尔问她一个问题，她也只作很短的回答。有时我想休息一会儿，便转过身对着她，看她一边沉思着，一边看着一种医学杂志或报纸。那时候我就看出她的脸上已经没有以前那种信任的表情了。现在的表情是冰冷的、淡漠的、散漫的，仿佛不得不长久等待着火车的旅客脸上的表情一般。她依旧穿得很普通，甚至有些粗糙，但掩饰不住她的华美。她已经不像原先那样好奇，不大问我问题，仿佛她这一生什么事情都经历过了，可以不必再听什么新鲜事了。

一过四点，前厅和客厅里就开始活跃起来，那是丽萨从音乐学校回来，带了几个同学。能听见她们弹钢琴、试嗓音和嘻嘻哈哈的声音。饭厅里叶郭尔开始摆饭桌，弄得餐具叮当作响。

卡嘉说道："再见吧，今天我就不见你家里人了，请他们原谅吧。我没工夫了，请你到我那儿去吧。"

我送她到门口，她目光严厉地从头到脚望着我，然后烦恼地说道："哎哟，你越来越瘦了！为什么你不去看医生呢？我立刻去请谢尔盖·费多罗维奇，请他给你看一看。"

"卡嘉，不必了。"

"我真不明白，你们家里的人怎么能看得过去！他们自己好着呢，也就无所谓了。”

她猛地穿上大衣，这时候一定会有两三只针簪从她那凌乱的头发上掉下来。头发是懒得做，还是没有工夫？她懒洋洋地把掉了的针簪塞在帽子底下，便出去了。

后来我走进餐室，妻子问我："刚才卡嘉在你那里吗？为什么她不来看我们？这简直是怪事……"

丽萨带着责备的口气对她说道："妈妈！如果她不愿意，那就随她去吧！我们也不会跪下来求她。"

"不管怎样，这简直太无礼了，在书房坐了三个钟头，竟没想起我们？不过，也随便她吧。"

瓦丽雅和丽萨两人都很恨卡嘉。这种怨恨我实在不大明白，大概要明白这种情形，除非自己也是女人。我敢保证在我每天上课见到的一百五十个年轻男子和每礼拜遇见的一百个上了年纪的男子中，几乎找不到一个人能够理解她们为什么对卡嘉的过去（就是婚外孕，有过私生子）那么怨恨和嫌恶。同时我也想不起我熟识的女人或姑娘中，有谁不是有意无意地抱着这样的恶感。这倒不是因为女人比男人更高尚、更纯洁，要知道，如果道德和纯洁不跟恶感绝缘，那就跟恶行没有什么区别。我只能用女人落后来解释这件事情。现代男子看见不幸的事时所感受到的忧愁、悲悯的情感和良心的苦痛，在我看来，比妒恨和嫌恶更能说明文化和道德的成长。现代的女人还和中世纪的女人一样感伤和粗鲁。在我看来，那些主张女人应该接受跟男子一样教育的人是很有见识的。

我的妻子之所以不喜欢卡嘉，一来因为她做过演员，二来因为她性格骄傲乖僻，但凡一个女人能在另一个女人身上找得到的毛病，她都有。

在我家里吃饭的，除我和我的家人以外，还有两三个女儿的同学和亚历山大·阿道里佛维奇·格涅凯尔——丽萨的崇拜者，也是她未来夫婿的候选人。他是一位金发青年，年龄不到三十岁，中等身材，体格健硕，肩很宽，耳朵旁边有个长着红毛的斑点，还长有染了色的胡须，光滑的胖脸上带着一种戏谑的态度。他穿一件很短的便服，花条的坎肩，条纹布的褂子，上宽下窄的方格裤，一双平底的黄皮鞋。眼睛凸出，仿佛龙虾的眼睛一般，领结也极像龙虾的腹部，我甚至觉得这个年轻人全身冒出虾汤的气味。他每天到我们这里来，可是我们竟不知道他的出身、在什么地方念书、靠什么为生。他既不会弹琴，也不会唱歌，但是跟音乐和歌唱都有一种什么联系，帮人卖钢琴，时常到音乐学院去，结识许多名人，布置音乐会。他用很有权威的口气谈论音乐，我发现大家都乐意附和他。

富人的旁边时常站满食客，科学和艺术也是这样。大概世上没有一种艺术或科学能够摆脱如格涅凯尔之类的"异物"。我不是音乐家，也许对于我还不大了解的格涅凯尔有看走眼的时候，但是我觉得他站在钢琴旁边，听别人在那里弹唱的时候，摆出的那种威权和高贵的姿态却始终让我感到十分可疑。

即使你是一个百分百的绅士，三品文官，如果你有一个女儿，常常因为要来献殷勤、求婚、结婚等事把一些卑俗的人带进家里来，扰乱你的心境，你却没法避开他们。譬如说，格涅凯尔来我们家时，我妻子每次都眉飞色舞的样子，我看着就不大入眼。此外，在桌上放着许多种酒，都是为他一个人才摆出来的，以便使他相信我们的生活是很阔绰、很奢侈的。丽萨在音乐学院学来的音调发颤的笑声，以及遇到家里来了男子时弄眉挤眼的那种神情，我也受不了。总而言之，我老是不明白为什么跟我的习惯、我的学识、我的气质格格不入，跟我所爱的那些人完全不同的那个人要每天到我家里来，每天同我在一起吃饭。妻子和仆役都鬼鬼祟祟地轻声说："那是未来的姑爷。"但是我总不明白他到我家来的缘故。他一来，便引起我心里的疑惑，仿佛在我吃饭的桌旁安置一个祖鲁人①一般。我还觉得奇怪，被我素来当做小娃娃的女儿竟会爱上那样的领结、那样的眼睛、那样的胖脸……

以前我吃饭时很开心，顶多冷冷淡淡，而现在除了烦闷和恼怒以外，就没有别的心情了。自从我成了"老爷"、做了系主任以来，我的家人竟不知什么缘故认为必须完全改变我们的菜单和吃饭习惯。我做学生和医生时吃惯的那些普通菜，现在竟换掉了，代以浮着几条白冰碴样的菜汤和用马德拉酒烹成的腰子。高贵的职位和名声永远夺去了我的白菜汤、美味的馎馎、苹果烧鹅、鳊鱼粥，还夺去我以前的女仆阿格莎——一个能言善笑的老妇，现在换了那个又迟钝又倨傲的小子叶郭尔，右手老是戴着白手套。等菜的时间很短，可是总觉得十分长，因为这些时间没有法子消遣过去。之前的那种欢畅、那种随意的谈话、那种戏谑、那种哄笑已经没有了。以前我和孩子、妻子在饭厅聚集时那种相互的亲近感，那种触动我们彼此内心的欢喜也没有了。对于我这样的忙人来说，吃饭是休息和团聚的时间；至于对妻子和子女来说，则是个节期，虽短暂，却快乐——他们知道在这半个钟头里我不属于科学、不属于学生，只属于他们。现在已经没有了喝一杯酒就醉的能力，没有了阿格莎，没有了苹果烧鹅，更没有了那种吃饭时发生小冲突所起的喧哗，如狗和猫在桌下打架或包巾从卡嘉的脸上掉下来，落在汤盆里等事。

要描述现在的进餐，如同要吃它一般了无趣味。我妻子的脸上显出得意、郑重和关心等各种神情。她时常很不安地看着我的菜碟，说道："我看你不喜欢吃烧烤……告诉我，你喜欢吗？"我只好回答道："你别担心，烧烤很好吃。"她却说道："尼古拉·斯捷潘诺维奇，你

---

① 非洲东南部的一个民族。

从来不说一句真话。为什么亚历山大·阿道里佛维奇吃得这样少呢？"总之，吃饭的时候总是这一套相同的话。丽萨声音颤抖地笑着，在那里挤眉弄眼。我看着她们两人，这才完全明白我已经很久没有关注过她们的精神生活了。我那时候生出一种感觉，仿佛我以前住在真正的家里，现在却在作客，跟一个不是真正的妻子的女人一起吃饭，丽萨也不是真正的丽萨。她们发生了剧烈的改变，但我没有注意到这种改变的漫长历程，怪不得我完全不明白。为什么会发生这种改变，我不知道。也许原因在于上帝没有把赐给我的力量同样赐给我妻子和女儿。我从小就习惯于抵制外来的影响，把自己锻炼得很坚强。生活的大变动，如出名、生活从好到坏的改变、同名流结交等事，都不能触动我，我始终稳如磐石，毫发无损。

丽萨和格涅凯尔两人一会儿谈谈乐谱，一会儿谈谈歌唱家，一会儿谈谈钢琴家，谈得津津有味。我妻子生怕别人怀疑对于音乐她是外行，便露出赞同的神态，向着他们微笑，喃喃说道："这个很好……难道会这样吗？请你说……"格涅凯尔吃得越多，谈锋便越厉害，也很恭敬地听着丽萨的说话。有时候他还打算说几句糟糕的法国话，于是他便觉得需要称呼我为 Votre excellence^① 了。

但是我沉下脸来。这分明是我在妨碍他们，他们在妨碍我。以前我对于阶级的对抗不甚了解，可是现在这种事情正在折磨着我。我竭力要在格涅凯尔身上找到劣处，并且立刻就找到了，于是便怨恨这个求婚者不是我圈子里的人。他的存在、还有别的方面对我有很坏的影响。平常我一人独处的时候，或和我所爱的人在一起的时候，我从来不会想到自己的成就，即使想起来，那些成就在我看来也是很平常的，仿佛我昨天才成为学者。但是如果格涅凯尔这种人一来，我就觉

---

① 法语"大人"的意思。

得我的成就仿佛高山一般，山顶隐在云端里面，脚下都颤动着，眼睛不大能看见像格涅凯尔这样的人。

饭后，我走进自己的书房，抽起烟来——这是一天中唯一一回抽烟，我本来有一天到晚抽烟的坏习惯，现在已经改掉，只剩了这一点残余下来的习惯了。正在抽烟的当儿，我妻子走了进来，坐在那里同我谈话。和早晨一样，我事先就知道我们要说些什么。

她开始说道："尼古拉·斯捷潘诺维奇，我必须跟你正正经经地谈一谈，我要讲丽萨的事情……为什么你一点儿也不上心呢？"

"什么事？"

"你做出那种一点也不关心的样子，这是很不对的，漠不关心可不行……格涅凯尔对丽萨早有意思……你怎么看呢？"

"我也不能说他是个坏人，因为我不了解他，但是我不大喜欢他，这句话我已经对你说过几千次了。"

"但是不能这样……不能这样。"

她立起身，来回走着，露出惊慌的神情。

她又说道："这么重要的事情你可不能这样的态度……既说到女儿的幸福，就应该抛开一切成见。我知道你不喜欢他……很好……如果你现在拒绝了他，把一切事情搞砸了，你能保证丽萨不会抱怨你一辈子吗？现在求婚的人实在是不多了，也许将来没人上门呢……他很爱丽萨，丽萨分明也喜欢他……当然他没有固定的地位，但是这有什么法子呢？等几天也许就有了，也不是不可能的。他出身于很好的家庭，很有钱。"

"你怎么会知道这件事呢？"

"是他说的，他父亲在哈尔科夫有一所大房子，还有许多地产。尼古拉·斯捷潘诺维奇，总而言之，你一定要到哈尔科夫去走一趟。"

"为什么呢？"

"你到那里去调查一下……你在那里有熟识的教授，他们可以帮助你。我也可以自己去，但我是个女人，我不能……"

我阴沉地说道："我不去哈尔科夫。"

我妻子惊慌起来，脸上显出万分痛苦的表情。

她涨红着脸，哀求我道："看在上帝的分上，尼古拉·斯捷潘诺维奇，看在上帝的分上，请你帮我把这个重担卸下来吧！我痛苦死了！"

我看着她，不由得疼惜起来，便安慰她道："好，瓦丽雅，如果你非要这么办，我可以去哈尔科夫走一趟做你要我做的事。"

她拿手巾蒙住眼睛，走到自己屋里哭泣去了，把我一个人留在那里。

过了一会儿，灯拿来了。椅子和灯罩的讨厌的阴影投在墙上和地板上，我一看到这些阴影，就觉得夜晚来了，我那可恶的不眠症又开始了。我躺在床上，之后又起来，在屋内走着，随后又躺下去……平常在晚饭过后、傍晚前，我的神经兴奋到极点。我开始无缘无故地哭泣起来，并且把脑袋埋在枕头底下。我怕有人会进来，怕骤然死去，又为自己的眼泪害羞，心里生出一种极难受的感觉。我觉得我再也不能看见自己的灯、书和地板上的影儿，再也不能听见客室里传出来的声音。有一种不可见且不可理解的力量很粗鲁地把我推到室外，我跳起来，匆匆忙忙穿好衣裳，恐怕家人发觉，悄悄地溜到街上。往哪里去呢？

这个问题的答案早就在我脑子里了：就是往卡嘉那里去。

（三）

她照常躺在土耳其长椅上或在卧椅上读书。一看见我，就懒洋洋地抬起头坐起来，把手伸给我。

我静默了一会儿，歇了口气后说道："你总是躺着，这是不健康的，你可以做点别的事情！"

"啊？"

"我说，你可以做点别的事情。"

"做什么事情呢？女人只能做普通的仆人或演员。"

"那有什么关系呢？如果不能做仆人，就去做演员好了。"

她沉默着。

我又半开笑话半正经地说道："可以嫁人的。"

"没有人可嫁，而且结婚也没有什么意思。"

"这样生活是不行的。"

"没有丈夫的生活吗？这有什么大不了的！只要我愿意，多少男人我都找得到。"

"卡嘉，这可不好。"

"什么不好？"

"就是你刚才所说的话不好呀。"

卡嘉看出我不高兴了，打算冲淡这坏印象，便说道："走吧，请你到那边去。"

她把我领到一间很舒服的小屋，指着那张书桌，说道："那个是……我替你预备的，你可以在这里工作。你可以每天到这里来，把工作一块儿带来，在家里他们妨碍你做事。你可以在这里工作，你愿意吗？"

怕拒绝会伤她的心，我答应她说可以在她这里做事，这间屋子我也十分欢喜。然后我们两人就坐在那间屋子里谈起话来。

温暖、舒适的环境和我喜欢的人，在我心里引起的不是和原先一般快乐的情感，而是抱怨和发牢骚的强烈冲动。不知什么缘故，我觉得如果我开口抱怨一句，心里就会觉得轻松些。

当时我叹了一口气，说道："我亲爱的，情况不好，很糟……"

"怎么了？"

"你看，事情是这样的。国王最好并且最神圣的权利——就是宽恕的权利。我时常觉得自己是个国王，因为我无限制地使用这个权利。我永不议论别人，总是很谦卑地愿意饶恕一切世人。别人在那里反抗和捣乱，我只是商量和劝告。我一生劳精竭力只为着不让家人、学生、同事和仆役讨厌。我知道这种待人的方式能够教育我周围的人。但是现在我已经不是国王了。我心里生出一种只有奴隶才有的心思，我的脑筋里一天到晚转着恶毒的念头，心灵里搭着那为我以前所不知道的情感的巢穴。我嫉妒，轻蔑，恼恨，不安，害怕。我开始变得严厉，苛求，恼怒，无礼，疑惑起来。就是以前能引得我说句无伤大雅的玩笑话，一笑而过的事情，现在只能让我产生出一种阴暗的情感。我的逻辑也变了：以前我只轻蔑银钱，现在那种恶毒的情感竟不是冲着银钱，而是对富人，仿佛他们有罪似的；以前我恨暴力和专制，现在却恨那使用暴力的人，仿佛只该怪他们不对，不该怪我们不善于互相教育似的。这是怎么回事呢？如果新的思想和新的情感产生于信念的改变，那么这种改变却又是从何而起的呢？难道世界渐渐变坏、我渐渐变好，或者我以前傻乎乎的、漠不关心？如果这种改变起于身体和精神上的衰弱——我经常生病，体重每天在减——那么我的情况便很可怜了。也就是说，我的新思想不正常、不健康，我应该为之惭愧，认为它们没有价值才对……"

卡嘉打断我的话，说道："跟病没有什么关系，只是你的眼睛已经睁开了而已，就是这样。你已经看见那以前不知什么缘故不愿意理会的东西。依我看，你首先应该和家庭断绝关系，逃出去。"

"你在说妄话呢。"

"你既然不爱她们，为什么隐忍着不发作呢？难道她们可以称为家人吗？简直是些废物！今天这些东西一死，明天谁也不注意她们还在不在。"

卡嘉蔑视妻子和女儿如妻子和女儿蔑视卡嘉一般的厉害。在今天这个时代，可不能讲人们有互相轻蔑的权利呢。不过如果站在卡嘉的立场上，认为这种权利存在，那么就可以明白她有蔑视妻子和丽萨的权利，正如妻子和丽萨有看不起她的权利。

卡嘉又说道："真是些没用的东西！你今天吃饭了没有？怎么她们倒没忘记把你叫到饭厅里去呢？怎么她们到现在还记得你的存在呢？"

我厉声说道："卡嘉，请你不要说了。"

"你认为我高兴谈起她们吗？如果我能够不认识她们，那简直是万幸了。请你听我的话，把一切都丢开，自己走吧，到外国去，越快越好。"

"真是胡话！大学怎么办呢？"

"也扔下好了，它于你有什么关系呢？一样没意思。你在那里教了三十多年书，可是你的学生都去哪儿了呢？请你数一数，培养那些专以营利为目的的庸医，也用不着有才能的好人，你是多余的人。"

我害怕起来，说道："我的上帝，你说话怎么这样尖刻！你怎么这样尖刻！住嘴吧，否则我要走了！我不会回答你这样尖刻的话。"

女仆走进来，请我们去喝茶。谢天谢地，到了火壶旁边，我们的谈话变了题目。我在抱怨完以后，又想满足另外一种老年人的嗜好：回忆往事。我对卡嘉讲起自己过去的事情，竟连我自己都疑惑，这些事情在我的记忆里怎么能那么完整。她平心静气地听着。我尤其爱跟她讲我在中学读书的事情，怎样幻想着上大学。

我当时讲道："有一天我在学校花园里玩……微风带来远处酒馆

里的琴声、歌声，或者墙外的车轮声和响铃声，这些声音足以使一种幸福的感觉充盈了我的胸膛，甚至我的胃和手脚……琴声和渐渐远去的铃声让我幻想自己是一个医生，描绘出一幅比一幅好的画面。现在，我的幻想成真了。我所得到的比幻想的还多。我做了三十年学生爱戴的教授，结交了不少优秀的同事，享受了极大的名誉。我恋爱过，我因为热烈的爱情而结婚，还生了儿女。总而言之，如果回头望一望，那么我的所有生活在我自己看来简直是一幅天才笔下的优美图画。现在我只须不糟蹋最终的结果就好了。要做到这样，必须死得像大丈夫。如果死亡真的是一件危险的事情，那么我必须表现得像一个教师、学者和基督教国家的公民，很勇敢很安心地迎接它。但是我却在糟蹋最终的结果，为此我快要沉沦下去了，便跑到你这里来求救，可是你对我说：沉沦吧，就该这样。"

正在这时，前厅里铃声响了。我同卡嘉都辨别得出这个铃声的来历，就说道："大概米哈依尔·费多罗维奇来了。"

过了一会儿，果然我的同学米哈依尔·费多罗维奇走了进来。他是一个方言学家，个头高大，身材匀称，年纪在五十岁左右，头发灰白，黑眉毛，脸上异常光滑。他是个好同事。他出身于一个古老的贵族家庭，在俄国文学史和文化史上占有重要的位置。他本人也很聪明，很有才气，很有学问，却也有许多奇怪的地方。我们在某种程度上也会被认为是很奇怪的，甚至被人称为怪物，可是他奇怪的地方却十分特别，对于他相识的人来说也不无危险。我知道他的许多朋友中真有不少人只看到他奇怪的地方，却没有看出他许多优异的性格来。

他走进来，慢慢地脱去手套，洪声说道："你们好呀，在喝茶吗？这倒好了，外面冷得跟地狱似的。"

然后他在桌旁坐下，喝了一杯茶，接着说起话来。他说话最大的特点就是戏谑的嗓音，一种哲理和戏言的混合物，仿佛莎士比亚的掘棺人一般。他时常说些正经的事情，可是经他一说就不那么正经了。他的评论尖刻恶毒，可是因为柔软、平稳、戏谑的嗓音，使得那尖刻和恶毒并不刺耳，很快就让人习惯起来。

他挑了挑两道黑眉，叹了一口气，说道："唉，上帝呀！世上竟有这样滑稽的人哟！"

卡嘉问道："什么事？"

"今天我上完课出来，在扶梯上遇见那个老呆子，姓 NN 的……他在那里走着，那个马儿般的下巴照旧突出在前面，正要找人来抱怨一下他的头痛病、他的妻子和那些不喜欢听他讲课的学生。我想，哎哟，他现在看见我了——这就糟了……"

诸如此类，总是这么一套。要不然他就这样开始："昨天我到 ZZ 的公开讲演会上去。真奇怪，怎么大学竟会搬出像 ZZ 这样的货色，简直是独一无二的傻子！这种人在全欧洲大白天点着灯都找不到第二个！他演讲起来，仿佛吮冰砂糖一般，嘘嘘嘘……他慌慌张张，差点看不清自己的底稿，思想发动得就跟修士骑自行车那样慢，谁也听不出他到底要说什么。那个讲演会简直沉闷死了，连苍蝇都要闷断气。这种沉闷就跟学校在礼堂开年会时台上宣读例行报告的时候一样。"

说到这里，忽然话题变了：

"三年前，尼古拉·斯捷潘诺维奇大概还记得，轮着我读这篇报告。那时天很热，呼吸困难，腋下的制服都湿透了——简直要死了！我讲了半个钟头、一个钟头、一个半钟头、两个钟头……我想着还剩十页没有讲，并且末四页可以完全不讲，打算这四页就此略过。这样的话，就只剩下六页了。不料后来我望了一眼前面，看见第一排座位上并肩坐着一位戴着勋章的将军和一位主教。可怜的人都烦闷得身子发僵，转动着眼睛以免自己睡着，脸上却努力表现出注意听讲的神情来，仿佛我的演说他们很明白并且很喜欢似的。我心里想，既然你们喜欢，那么总要迎合你们才好，便把后面四页统统念完了。"

他说话的时候，只有一双眼睛和两道眉毛含着笑，跟所有爱好讥诮的人一样。他的眼睛里没有憎恨和恶意，只有十分刁钻的、狐狸似的狡黠神情，这些只有在留心观察的人的脸上才能看到。如果继续说他的眼睛，那么我还可以找出另一个特点来。当他从卡嘉手里接过茶杯，或当卡嘉因事暂时离屋、他看着她的背影时，我能从他的眼睛里看出一种温和、纯良、纯洁的眼神来……

女仆把火壶拿走，放上干酪块、果子干和克里米亚的香槟酒——那酒糟透了，卡嘉住在克里米亚时倒极爱喝。米哈依尔·费多罗维奇从书架上取下两副纸牌，摆起牌阵来。他相信有几种牌阵需要用高度集中思考力和注意力，但是他在摆牌的时候，总是不断地谈话。卡嘉注意看他的牌，从旁帮助他出主意。一晚上她最多喝了两杯，我也只喝了一小杯，其余的全让米哈依尔·费多罗维奇享用了，他酒量大，而且从来没醉过。

摆牌的时候，我们谈论起各种问题来，谈得特别多的是我们最爱的那个"科学"。

米哈依尔·费多罗维奇慢条斯理地说道："科学已经过时了。它的歌已经唱完，人类开始觉得必须用别的东西代替它。它原是在迷信的土壤上长出来的，为迷信所滋养，现在也成了迷信的精粹，跟它老朽的祖母——炼金术、形而上学和哲学一样。老实说它给了人类什么东西呢？在有科学的欧洲人和没有一点科学知识的中国人之间，区别微乎其微，并且也只限于表面上。中国人不懂科学，但是他们因此损失了什么没有？"

我说道："苍蝇也不懂科学，但是这又能证明什么呢？"

"尼古拉·斯捷潘诺维奇，你不必生气。我是在这里、在我们这些人里才这样说……我比你想象的要更谨慎呢，我在大庭广众下是绝不说这种话的！还有许多人迷信，说科学和艺术高于农业、商业和手工业。我们这帮人也是靠了这种迷信才有饭吃，这种迷信不是你我两人能够破除的。"

说到这里，那副牌正好摆出"胡桃"和"青年"。

米哈依尔·费多罗维奇叹气说道："我们的学生现在也退步了。姑且不谈什么理想了，只要能好好工作，头脑清楚就不错了！我真为他们感到悲哀。"

卡嘉很是赞成他的话，接下去说道："不错，简直糟透了。说说看，最近十年你们有没有教出过一个了不起的人？"

"别的教授怎样，我不知道，我的学生里，我却一个也想不出来。"

"我见过许多学生和你们这些青年学者，还有不少演员……怎么样呢？从来没有遇见过哪怕一个有趣味的人，所谓的英雄或天才就更不必说了。全是些灰色的人，庸才，偏偏还异常倨傲……"

这种关于退步的谈话每次都使我有种感触，仿佛我猝然听见别人说自家女儿不好一般。这些言论我听着觉得十分难受。这些言论，就算在妇人圈子里说，也应该尽量明确些，否则就是谩骂，是正经人所不愿为的。

我是老人，在社会上服务已经有三十余年，可是找不出一点退步和理想缺乏的地方，并且也不觉得现在哪些地方比以前更不好。我的看门人尼古拉在学校服役多年，他的经验是很有价值的，他说现在的学生比起以前的学生来不好也不坏。

如果有人问我在我现在的学生身上哪一点为我所不喜欢，那么我一定不会马上回答，也不会说很多，但一定会回答得十分确定。他们的缺点我知道，所以我用不着那些老生常谈。我不喜欢他们喝酒、抽烟、晚婚，更不喜欢他们漠不关心，冷眼看待自己周围挨饿的同学，而不捐款给学生救济会。他们不懂现代的语言，俄国话说得也不大准确。昨天我的同事、卫生学教授向我抱怨，说他讲课必须讲两遍，因为他们并不懂物理学，对于生理学尤其是门外汉。他们很喜欢追随新作家，却未必是好作家的影响，而对许多名家，如莎士比亚、马可·奥勒留、爱比克泰德，或帕斯卡，显出十分冷淡的态度。许多多少具有社会性质的难题（譬如移民问题），他们总是用现成资料加以解决，却不用科学研究和实验的方法，虽然后一种方法他们完全能做到，并且很符合他们的任务。他们乐意做住院医生、医务助理、实验室的实验员，情愿一直干到四十岁；然而在科学方面和其他行业，如艺术和商业一样，需要独立的精神、自由的情感和个人的主动性。我有学生和听讲人，却没有帮手和继承人，所以我爱他们，很受他们的感动却并不引以为傲……

这样的缺点无论是多是少，都能使卑怯胆小的人生出厌世或詈骂的心理。这些缺点具有偶然的、暂时的性质，与生活条件的变化有着密切的关系。十年后这些缺点就会消灭，或者让位于别的新缺点，同样会使卑怯的人彷徨不定起来。学生的坏处时常惹我气恼，但是想起三十年前我同那些学生们谈话读书，论学叙情时所感到的快乐相比，那就算不了什么。

米哈依尔·费多罗维奇在那里咒骂着，卡嘉静静地听着，两人都没觉出这样随便借议论他人以为消遣的事情，竟会把他们渐渐拖进一种深渊里去。他们两人谁也不知道，怎么普通的谈话一步步能变为戏弄和嘲笑，甚至诽谤起别人来了。

米哈依尔·费多罗维奇说道："我遇见过不少可笑的事情。昨天我到叶郭尔·彼得罗维奇那里去，碰到一位医科学生，大概读三年级。他的长相显得他生性善良，脑门上刻着深奥的思想。我们谈起话来。我说：'年轻人，我从报上看到一个德国人——忘记他的名字了——从人类的脑子里提取了一种新的生物碱：痴呆。'你们猜怎么着？他竟然相信了，脸上甚至表现出一种敬意。有一天，我到剧院去，在位子上坐下来。在我前面坐着两个人：一个是法律专业的学生，一个是医科学生，身上的衣裳很破旧。那个医科学生喝醉了，对舞台上的戏剧完全不看，只顾垂头打盹。每当有演员大声念独白，或提高嗓门喊起来，那个医科学生就会哆嗦一下，推推自己朋友的身体，问道：'他说什么？说得好吗？'法科学生答道：'好。''呵，呵！'医科学生大喊起来，'好呀！好呀！'你看，他是个醉鬼，到剧院来并不是为艺术，却为着叫好。他需要的是'好'呢。"

卡嘉听着，笑起来。她的笑声真是奇怪，吸气很快，吸气和呼气有规律、有节奏地交替着，仿佛在拉手风琴，然而却只有鼻孔在笑。我竟失神到不知道说话了。后来回过神来，我的脸涨得通红，便从座位上跳起来，嚷道："不要说啦！为什么你们两人坐在那里，仿佛两只蛤蟆，呼出来的气毒害了纯洁的空气？我听够啦！"

说完，我不等他们回答，准备回家去。说实在的，也该走了，已经十一点钟了。

米哈依尔·费多罗维奇说道："我还要再坐一会儿呢。卡嘉，你同意吗？"

卡嘉答道："当然。"

"好，那就请你再取一瓶酒来。"

两人举着灯送我到门厅，我穿大衣时，米哈依尔·费多罗维奇说道："尼古拉·斯捷潘诺维奇，近来你瘦得太厉害，也老多了。你怎么啦？生病了吗？"

"对，身体不大好。"

卡嘉插话道："并且还不肯看医生……"

"为什么不请医生看看？怎么能这样呢？天助自助者，亲爱的。

请你替我问候你的家人，恕我现在不去了。过几天，在我出国以前，我要去辞行。一定去！下礼拜我就要走了。"

从卡嘉那里出来后，我心里恼怒得很，关于我疾病的谈话更使我害怕，不由得不满意自己起来。我自忖，当真不找个同事来看看吗？我立刻就想象到：同事听完我的话，走到窗旁，不言语，想了想，转身向着我，竭力不让我在他脸上看出真实的情况。他用冷淡的声音说道："我暂时还看不出什么特别的地方，但我还是劝你辞了工作……"这就丧失了最后的希望。

谁能不存点希望呢？现在当我自己诊断自己、自己治疗自己的时候，还是希望自己的无知欺骗了我，希望在我身上发现的蛋白质和碳水化合物异常、心脏的毛病、有两次早晨发现的皮肤水肿，都是我弄错了。当我用力翻看内科学的教科书，天天换药剂时，我总觉得自己是在自我安慰。

每天傍晚，不管天上布满黑云，还是月亮和星光闪耀着，我在回家的路上总望着天，心里想，不久死神就要把我带走了。也许那时候有人以为我的思想深得像天空一般灿烂，让人惊奇……不对！我想到自己，想到妻子、丽萨、格涅凯尔，想到许多学生，还想到世上一切人类。我的思想卑劣渺小，自我欺骗。那个时候我的世界观可以用阿拉克切耶夫一封私信里所说的话表达出来，那便是："世上所有好的东西里没有不含有恶的，而且恶永远比好的多。"一切都很丑恶，并没有什么可以使人为了它而生活下去的东西。过去的六十二年只能算是白活了。我发现自己有这种思想时，还竭力使自己相信这些思想是偶然的、暂时的，在我心里还没生根，但是我立刻又想："如果是这样，为什么每天晚上总想去找那两个蛤蟆呢？"

我暗暗发誓，再也不上卡嘉那里去了，虽然我也知道明天还是要到她家里去的。

在自己家门上按铃后走上扶梯的时候，我觉得我已经没有家了，也没有把它找回来的愿望。可见我那种阿拉克切耶夫式的新思想在我的心里并非偶然，更非临时，而是占据了我的身心。我带着痛苦的良心躺在床上，垂头丧气又无精打采，不想动弹，仿佛身上背负着几千普特①重的东西，立刻就睡熟了。

不过，之后便是——不眠症……

（四）

到了夏天，生活又发生了改变。

在一个晴朗的早晨，丽萨走到我面前来，带着嘲笑的口吻对我道："大人，请动身吧，已经准备好了。"

于是我这个"大人"就走到街上，坐在车里，被人运走了。我坐在车里没事干，只好从右至左读起铺子里的招牌来。Tpaktnp（饭店）变成了 Putkapt（里特卡尔特）。这个词用来做男爵的姓是很合适的：里特卡尔特男爵。车子从墓园旁边的田地走过，虽然我很快就要躺在那个墓园里，但现在看着它，却并不能使我产生任何感触。之后车子经过树林，又到田野上了。没有什么有趣的地方。两小时的游行以后，我这个"大人"就被领到别墅的楼下，安置在很整齐的小屋里。

晚上依旧失眠，可是到早晨的时候我已经不再醒着听妻子讲话，而是躺在床上了。我没有睡着，却处于似睡非睡的状态，昏昏沉沉，知道自己没有睡着，却又在做梦。一到正午我便起身，照着老规矩坐在桌旁，不过并不工作，而是读黄封皮的法文书作为消遣，这些书都是卡嘉寄给我的。自然读俄国作家的书显得爱国些，但是老实说，我

---

① 俄国重量单位，一普特等于 16.38 公斤。

对俄国的书并没有特别的兴趣。除去两三个老作家以外，所有现代的文学在我看来都不是文学，而是一种特殊的手工业成品，不过是为了求得鼓励才存在，偏偏大家还不是很愿意买这类东西。这类东西中连最好的都说不上有什么了不起的，想实实在在地称赞它，而不加个"但是"，是做不到的。包括我最近十五年来所读的各种文学作品也是这样，没有一部是了不起的，称赞起来总忘不了加个"但是"。有的写得隽永、高雅，却无才气；有的有才气、高雅，却不隽永；有的有才气、隽永，却不高雅。

我并不是说法国书是有才气的、隽永的、高雅的。它们也让我不满意。但是法国书不像俄国书那样无味，在里面可以找到不少艺术创作的重要原素——个人自由的情感，那是俄国作家所没有的。我想不起有哪个作家，不是从第一页起就竭力用种种世俗的偏见和种种对良心的束缚把自己禁锢起来。有的人怕提到裸体，有的人用心理的分析束缚自己的手和脚，有的人主张必须"对人类持热情的态度"，有的人故意满篇充满着自然的描写，以便不让他人怀疑他写作有倾向……有的人愿意在自己的作品中装得是个平民，有的人却要装作贵族……他们处心积虑，谨慎小心，却既没有自由，也没有勇气来写想写的东西，总而言之，是没有创作的能力。

以上所讲都是关于文学方面。

至于说到俄国正经的文章，如关于社会学、艺术之类的，我因为胆怯，简直不敢读。在幼时和青年时代我不知道什么缘故，害怕看门人和剧院的检票员，这种畏惧到现在还存留在我的心里，我现在还怕他们。听人说凡不明白的事情才显得可怕。实在很难明白，为什么看门人和剧院检票员那样高傲、那样神气、那样庄重又粗鲁。读到这种正经的文章，也会生出一种莫名的恐惧。不一般的自命不凡，大将军一样的戏弄口吻，对外国作家过分随便的态度和故弄玄虚的能力，在我看来都是不能理解的，觉得很恐怖，和我读医学家和自然科学家的著作时常见的那种谦虚、文雅、平和的口吻完全不同。不但论文如是，那些俄国的正经人所翻译或编辑的著作我也觉得异常难读。序言中夸耀的教诲语调、译者过多的批注——带括弧的问号和"原文如此"——在我看来都是对著者和读者的独立性的一种侵犯。

有一回我被邀请充当地方审判厅的审查官，在休息的时候，另一个审查官让我注意检察官对被告（其中有两个是有知识的妇女）是多么粗鲁。我以为这种关系比起严肃文章的作者相互间的关系来不见得更粗鲁。我就这样回答同事，这并不是过甚之词，确实他们的态度太粗鲁了，一谈起他们来，便令人难受。他们相互间的态度和他们对诗所批评的作家的态度，或者显得十分恭敬，或者十分瞧不起，比我在这本日记和自己的思想里对待我未来的女婿格涅凯尔还要蔑视。

我读法国书，向开着的窗外瞭望一番，可以看见用尖木棍做的木栅栏，两三株憔悴的小树和木栅栏后远处的道路、田野，以及宽阔的针叶树林。我时常愉快地看着几个男孩和女孩穿着破烂的衣裳，攀到木栅栏上面，嘲笑我的白头发。在他们闪光的小眼睛里可以读出"看吧，那是个秃头"的意思。恐怕只有这两个人没把我的名望和职位放在心上。

现在也不是每天都有客人到我那里去，我可以把尼古拉和彼得·伊格纳捷维奇上门的情形略说一说。尼古拉每逢节假日便要到我这里来，仿佛为了什么公务，其实多半是为了看望我。他来的时候十分快乐，这种快乐他在冬天是永远不会有的。

我走到门厅去迎他，问道："你有什么事吗？"

他用手按着胸脯看着我，带着恋爱中人的欢喜态度，对我说道："大人！大人！我是来看望你的。"

他很热切地亲我的肩膀、袖口和纽扣。

我问他："学校里还顺当吗？"

"大人！在真实的上帝面前……"

他无缘无故不住地叫着上帝，我立刻就不耐烦起来，吩咐他到厨房里去，让人招待他吃饭。彼得·伊格纳捷维奇也是在假日期间上我这里来，特地来看望我，跟我谈谈他的想法。他总坐在我桌旁，态度温和又诚恳，模样又像是在沉思，不敢把一条腿搁在另一条腿上，也不敢把胳膊肘支在桌子上，总是用那种又轻又平正的声音给我讲述各种自己以为有趣的、从杂志和书籍中读到的新闻。所有这些新闻大体可以归结成这样一个公式：一个法国人搞了一个发明，一个德国人便加以辩驳，证明这个东西早在一千八百七十年已为美国人所发明。而第三个人——也是德国人——比这两个人还要厉害，证明他们两人都出了丑，在显微镜底下把气泡认做黑色素。彼得·伊格纳捷维奇即使有意要逗我乐，他也总是会讲得很冗长详尽，仿佛读毕业论文一般，详细举出他是从哪里看来的、杂志日期、号数以及相关人名，竭力不犯一点错误，碰到人名绝不简单地说一个"波的"，还必须说出"约翰·约克·波的"才算完全。有一次他留在我那里吃饭，在这一顿饭的工夫里，他滔滔不绝地讲着那些有趣的历史，招得同餐的人生出不少厌烦的心思。如果格涅凯尔和丽萨两人在他面前谈音乐，他便很温和地低垂着眼睛不安起来。在我和他这样正经的人面前说这么无聊的东西，在他以为是很不合适的呢。

照我现在这样的情绪，他只须待上五分钟便要使我厌烦起来，仿佛我看他、听他说话，足足有一个世纪那么久。我讨厌这个可怜的人。他那轻柔平稳的嗓音和文绉绉的话语，使我无精打采，他的故事听得我走神……他对我怀着一片好心，同我说话只为着使我快乐，我却只用责备的神情看着他，以回报他的盛意。这种神情仿佛在向他施催眠术，同时心里想道：走吧，走吧，走吧……但是他并不受我影响，尽自坐着，坐着，坐着……

他坐在我面前的时候，我不由得思量："我死后，也许他要接替我的位置呢？"于是我把那可怜的讲堂设想成一个沙岛，里面小河都已干枯了，而我同彼得·伊格纳捷维奇还不大亲热，不大说话，露出威严的神态，仿佛我有这种思想是他的错，不是我的错。当他照例称赞德国科学家的时候，我就不像先前那样善意地开玩笑，却没好气地嘟哝道："你那些德国人都是些蠢驴……"

这很像已故的教授尼基达·克雷洛夫有一天同皮罗戈夫在雷瓦尔河上洗澡时因为河水太冷，他十分生气，骂道："德国人真是可恶的东西啊。"我对彼得·伊格纳捷维奇的态度很不好，不过当他一走，我看见窗外栅栏后面灰色帽子一闪一闪的，便想喊他回来，说："好人，原谅我吧！"

现在吃饭的时候我觉得比冬天那会儿还要无聊。那个让我痛恨且蔑视的格涅凯尔，差不多每天都在我家里吃饭。以前他到我家里来，我总忍耐着、沉默着，现在我却竭力说出各种挖苦的话，使我的妻子和丽萨脸都红了。我一受恶毒情感的支使，便时常说出许多愚傻的话来，自己却不知道怎么会说出这些话来的。有一天我同格涅凯尔对看了半天，竟无缘无故地念出两句话来：

"鹰有时飞得比鸡还低，可是鸡终不会飞到云端里去……"

可恨的是，公鸡格涅凯尔却比老鹰教授还要聪明。他知道我的妻子和女儿都偏向他一边，便使出手段，对我的挖苦不是恭敬的静默（他的静默里含着"你这个老头子，跟你有什么话好说呢？"的意思），便是和善地拿我开句玩笑。真让人惊奇，人竟能无聊到如此地步！吃饭的时候，我总幻想格涅凯尔怎样露出阴险的面目，我的妻子和丽萨怎样意识到自己的错误，我又是怎样怒骂他们。到了我这个年纪，一只脚已经踏进坟墓里，还会产生这样荒唐的幻想！

近来家里产生了一种误会，这种误会之前我也有所耳闻。尽管我觉得不好意思，但还是要写下一天饭后发生的事情。

我坐在自己屋里吸烟，妻子照常走进来坐在那里，谈起趁现在天气还暖，我又空闲，最好去一趟哈尔科夫，打听一下我们的格涅凯尔究竟为人怎样。

我答应着："好，我去……"

妻子很满意，立起身来，往门口走去，可是立刻又回转身来，对我说："我还有一个请求，我知道你一定会生气，但是我有责任忠告你……尼古拉·斯捷潘诺维奇，请你原谅我，但是我们所有的熟人和邻舍都在说你时常到卡嘉那里去。她固然很聪明，很有学问，我并不否认，和她一起消遣时光也许很有趣，不过以你这样的年纪，以你这样的社会地位，跟她在一起会觉得快乐未免太奇怪了……再说她的名声也实在……"

我的血一下子从脑子里涌到全身，眼睛里冒着火星，不由得跳了起来，抱着头，跺着脚，用一种不像是自己的声音嚷道："离开我吧！离开我吧！离开我吧！"

大概我的脸色变得很可怕，嗓音也奇怪起来，因为我的妻子忽然脸色发白，也用一种不像是她自己的嗓音绝望地嚷叫起来。丽萨和格涅凯尔听见我们的叫声连忙跑进来，叶郭尔也随后进来了……

我的双腿麻木，仿佛身上完全没有这两条腿似的，我感觉自己好像倒在什么人的怀里，后来渐渐地听见哭声，我便昏晕过去，两三个钟头不省人事。

现在要讲到卡嘉了。她每天近傍晚时分总要来看我，自然不得不引起邻人们和朋友们的注意。她待一会儿，便拉我同她一块儿坐车游玩。她自己有一匹马，今夏还新买了一辆轻便马车。她总是过得很阔绰的，租下了一所豪华别墅，还带花园，把城里所有的家具都搬进去，雇了两个丫头，还有马夫等人……我时常问她："卡嘉，如果你把父亲的钱全都用光了，以后怎么生活呢？"

她答道："到时候再说吧。"

"你要知道，那些钱是靠正直的劳动挣来的呀。"

"这话你早就告诉我了。我知道了。"

起初我们的马车在田野里驰骋着，然后到针叶树林里去了，这个树林从我窗口便可以看见。在我眼里，自然的景色依旧那么美，虽然有一个魔鬼附耳对我说，所有这些松柏、禽鸟和天上的白云等我过了三四个月死了以后，绝不会注意到我的不存在，可是我依旧对于它们流连忘返。卡嘉喜欢自己驾车，如果天气晴朗，又有我坐在她身旁，她尤其高兴。

她对我说道："尼古拉·斯捷潘诺维奇，你是个好人。你具有稀罕的品性，没有一个演员能演好你的角色。我跟米哈依尔·费多罗维奇就是一般人，普通的演员都演得来，可是你却不能。我很羡慕你，十分羡慕你！你瞧，我算什么呢？什么呢？"

她想了一下，问我道："尼古拉·斯捷潘诺维奇，我是反面的典型吗？是不是？"

我答道："是的。"

"唔……我该怎么办呢？"

叫我怎么回答她呢？"工作吧"，或"把自己的财产分散给别人吧"，或"自己觉悟吧"——这些话都很容易说出口，也因为容易说出口，所以我不知道怎么回答才好。

我的同事们，那些内科医生，在教人医病的时候劝人要"分别对待个别病例。人必须听从这种劝告，才能相信教科书上作为范例推荐的方法在个别情况下往往完全不适用。在精神方面的病症上，也是如此。

但是总得回答她才行，所以我说道："你有许多闲暇的工夫，你应该做点事情，真的，如果你有理想，为什么不重新去做演员呢？"

"我不能。"

"你的口气和姿态显得你是个受难者似的，这个我真不喜欢。这得怪你自己不好，你要记住，你起初恼恨一般的人和事，但是自己却毫不作为，没有使这种人和事变得更好。你不同'恶'斗争，只是厌倦了，你不是因为奋斗而受了难，却是因为软弱才受的难。以前自然是因为你年纪轻，没有什么经验，现在就不可以那样了。嗯，你可以做点事！你可以工作，可以献身于神圣的艺术……"

卡嘉打断我的话，说道："尼古拉·斯捷潘诺维奇，你不要损我。现在我们约定：我们尽可以谈演员和作家，但把艺术扔开吧。你是这个世上少有的好人，但是你还不太了解艺术，还没有到真心诚意地认为它很神圣的地步。你对艺术缺乏感觉，也没有什么见闻。你一生忙忙碌碌，没有时间培养这种感觉，总而言之……我不喜欢这样谈论艺术（说到这里，她带着怒气）！——我不喜欢！老实说，艺术已经被人弄得十分庸俗了！"

"谁把它弄庸俗了？"

"那些演员用醉酒把艺术弄庸俗了；报纸用过分轻视的态度把艺术弄庸俗了；聪明的人用哲学把艺术弄庸俗了。"

"哲学跟这没有关系。"

"很有关系，谁如果唱高调，那就表示他并没有弄懂。"

为使谈话不趋于极端，我赶紧改变话题，之后沉默了许久。等到我们从树林里走出来，向卡嘉的别墅方向驰去的时候，我重又回到原先的谈话上去，问道："你还没回答我，为什么你不愿意回去做演员？"

她急急喊道："尼古拉·斯捷潘诺维奇，真狠心（说到这里，她忽然脸红起来）！——你是要我大声说真话吗？如果你真的喜欢，那我就说了！我没有才能！没有才能，只……只有很强的虚荣心！就是这样！"

她说完这些话，立刻把脸儿背过去，为掩饰她哆嗦的手，便猛烈地拉起缰绳来。

我们刚走近她的别墅，便远远地看见米哈依尔·费多罗维奇在大门附近走来走去，等着我们，露出不耐烦的样子。

卡嘉凄然说道："那个米哈依尔·费多罗维奇又来了！请你赶快把他从我这里撵走！我讨厌死他了！……唔……"

米哈依尔·费多罗维奇早就准备着到国外去，但是他一星期一星期地拖延他的行期。近来他起了点变化：身体仿佛瘦了，开始喝起酒来——以前他可是滴酒不沾的，他那浓黑的眉毛也开始变得灰白。我们的马车一在大门前面停下，他脸上的不耐烦便烟消云散，马上露出说不尽的快乐来。他手忙脚乱，把卡嘉和我两人安顿着坐下，立刻乱七八糟地提出许多问题，一面搓着手，一面微微笑着，那种温和、哀求和纯洁的表情，以前我只在他的眼睛里看到过，现在却充满在他的整张脸上。他很高兴，同时又为自己的高兴不好意思，对自己竟养成了这种每晚到卡嘉家来的习惯而感到不好意思。他觉得必须找一个明明很荒唐的借口来解释自己到此地的动机，如"我正巧有点事路过这里，就想着进来坐一会儿就走呢"。

我们三人走进屋子，起初喝着茶，然后发现桌上出现了两副我十分熟识的纸牌、一大块干酪、许多果子和一瓶克利米亚的香槟酒，我们谈话的题目并不新颖，还是和冬天时候的一样，我们痛骂大学、大学生、文学和戏剧等。因为这些恶意话语的缘故，空气越发污浊紧张起来。除了深沉的笑声以外，那个侍候我们的丫头还听得见一种不愉快的、尖锐的笑声，仿佛轻松喜剧里的将军的笑声："嘻嘻嘻！……"

（五）

那时候晚上时常风雨交加，电闪雷鸣，人们称这样的夜晚为"雀夜"。有一天晚上，在我个人的生活里也碰到这样一个"雀夜"……

我半夜醒来，忽然从床上跳下来。不知什么缘故，我觉得自己快要死了。怎么会这样觉得呢？我的身体并没有一点表明我快要死了，可是我的灵魂却被一种恐惧所压迫，仿佛我陡然看见一大片凶兆的火光一般。

我赶紧点上灯，拿起水瓶喝了一口水，然后跑到敞开着的窗前。天气很好，风中吹来一阵干草的气味。我可以看见木栅栏的尖木桩、窗旁睡眼惺忪的憔悴小树、道路和黑暗的树林。天上悬着安静明亮的月亮，没有一点云彩。四围静默得很，连一片树叶都没动。我觉得万物都在那里看着我，留心听我怎样死去……

我心里觉得难受万分，只得关上窗，跑回床上。摸一摸自己的脉息，手上找不到便到太阳穴上找，然后在下巴上找，接着重又摸到手上，身体各处都觉得很冷，因为出汗而发凉、发黏。呼吸越来越快，身体哆嗦着，五脏六腑都翻腾起来，脸上和秃头上仿佛粘着蜘蛛网一般。

怎么办呢？叫家人吗？不，没用。我想不出我妻子和丽萨进来后能有什么办法。

我把头埋在枕头底下，闭着眼睛等待起来……我的背发凉，仿佛要缩到身体里面去，感觉死神正一步步逼近我身……

"基维，基维！"——在深夜的肃静之中忽然发出一种尖锐的声音，连我都不知道这种声音从何而来，从我胸中出来的呢，还是从街上传来的？

"基维，基维！"

哎哟，我的老天爷！真可怕啊！我想再喝点水，可是竟连睁眼抬头都害怕起来。我的恐惧是无法抑制的，是动物性的。我怎么都不明白为什么我会这样害怕，是因为我想活下去，或者因为有一种——我还不知道的新的痛苦正等待着我？

楼顶上仿佛有人在呻吟，或嬉笑……我侧耳静听着，过了一会儿扶梯上传来一阵脚步声，有一个人匆匆忙忙地往下走着，后来又走上去了。又过了一会儿，脚步声又往下来了，有人站在我的门外，在那里静静地听着。

我喊道："谁在那里？"

门开了，我大胆睁开眼睛一看，原来是我的妻子。她脸色苍白，眼睛哭得红肿。

她问道："尼古拉·斯捷潘诺维奇，你还没有睡吗？"

"你有什么事？"

"求你到丽萨那里去看一下，不知道她在那里做些什么事情……"

我喃喃说道："好……我去（很满意现在我不是一个人了）……立刻就去。"

我在妻子后面走着，一路听她对我说话，因为激动的缘故一个字都没听进去。蜡烛的火影在楼梯的台阶上跳跃着，两条很长的人影哆嗦着。我的双腿被睡衣的前襟绊住，我不由得叹了一口气，觉得身后有人追赶着，要拉我的背似的。我想道："我立刻要死在这条扶梯上了，立刻……"可是到底把楼梯走完了，经过黑暗的装着意大利式窗户的长廊，便来到丽萨的房屋。她坐在床上，只穿着睡衣，伸着两只光腿，在那里呻吟着。

她喃喃说道："唉，我的老天爷？唉，我的老天爷！——（说到这里，被我们的烛光照到，她的眼睛眯细了）——我受不了了，我受不了了……"

我说道："丽萨，我的孩子，你怎么啦？"

她一看见我，大叫一声便搂住我的脖子。

她呜咽着说道："我慈善的父亲……我的好父亲……我不知道自己怎么了……我觉得很难受！"

她抱着我，吻我，喃喃说些她小时候常对我说的那些亲热的话。

我说道："我的孩子，你冷静些，不必哭哭啼啼，我自己也难受得很厉害呢。"

我极力给她盖好被子，妻子给她水喝，我们俩在她床边胡乱地忙了一阵，我的肩触着她的肩，这让我想起以前我们俩给我们的孩子洗澡的情形。

我的妻子恳求我："帮帮她吧，帮帮她吧！想想办法吧。"

我能有什么办法呢？一点办法也没有。我的女孩心里自有一种难言之痛，但是我一点也不知道怎么回事，只能喃喃说道："不要紧，不要紧……会过去的……你睡吧，好生睡吧……"

仿佛故意似的，从我们的院子里忽然传来犬吠之声，起初还是轻轻的、犹豫不定，后来就响了起来，一下子叫了两声。我对于这种狗吠或猫头鹰怪鸣素来不大理会，现在我的心却因之痛苦地缩紧了，接着又赶紧自己宽慰自己。

当时我想道："这没什么……这无非是一种机身对于他种机身的影响。我的神经的极其紧张感染了我妻子、丽萨和狗儿，就是这么回事……这也可以用来解释预感和先见……"

过了一会儿，我回到自己屋里，为丽萨写药方，那时候我已经不再想自己立刻就要死了，不过心里总不大高兴，甚至为自己刚刚没有猝然死去而感到可惜。我站在房中许久不动，寻思该给丽萨开什么药，但是楼上的呻吟声已经停了，我就决定不开什么药方，却依旧还站在那里不动。

死气沉沉的寂静，这种寂静就像某位作家所言，寂静得甚至让人觉得耳朵里嗡嗡作响。时间走得很慢，窗隙里射进来的一线月光不移动位置，仿佛凝住了一般……离天亮还有些时间。

忽然花园里小门"吱"地响了一下，不知什么人偷偷走了进来，从一棵瘦树上折了一根树枝，然后用这根树枝轻轻地敲着窗户。

我听见一个声音低低说道："尼古拉·斯捷潘诺维奇！尼古拉·斯捷潘诺维奇！"

我打开窗户，觉得自己是在做梦，一个穿着黑衣的女人在窗下依墙站着，被月光照亮，睁着一双大眼看着我。她脸色苍白、严厉，给月光照得像大理石做的仙女一般。她的下巴在发抖。

她说道："是我……我……是卡嘉！"

月光底下所有女人的眼睛都变得又大又黑，显得高大、苍白，所以我一下子竟没认出她来。

"你有什么事？"

她说："请你原谅，我不知道什么缘故忽然觉得异常难受起来……忍不住，只好跑到这里来……你的窗子里还有灯光，所以我大胆敲了一下……请你原谅……唉，你不知道我是多么难受呀！你刚才在做什么？"

"没什么……还是失眠。"

"我有一种预感，不过这都是胡思乱想。"

她扬起眉毛，眼睛里充满着泪水，脸上显出一种我很久未曾见过的信任神情。

她向我伸出两只手，恳切地说道："尼古拉·斯捷潘诺维奇，我亲爱的朋友，请你……求你……如果你不轻视我对你的友情和敬意，那么请你答应我的请求！"

"什么事？"

"请你把我的钱拿去了吧。"

"唔，你在想什么呢！我要你的钱做什么？"

"你可以到什么地方去医治一下……你必须医治，你能收下吗？好吗？好不好？"

她热烈地看着我的脸，重复道："好不好？你能收下吗？"

我说道："不，不，我不能收下，谢谢你。"

她背过身去，低着头。我回绝她的口气，简直不容再有商量的余地。

我说道："你回家睡觉去吧，明天再见。"

她很忧愁地问我道："这么说，你不把我看做你的朋友吗？"

"我并没这么说，但是你的钱现在于我是没有什么用处的。"

她低声说道："请你原谅……我明白你的意思了……领一个像我这样的人的情……一个过去的演员……唉，再见吧……"

她径自回头走了，走得很快，我还来不及向她说一句告别的话。

（六）

我到了哈尔科夫。

因为同我现在的心境斗争是无益的，并且是非我能力所及，所以我决定让我最后这段日子至少在表面上不受到别人的责备。如果我意识到自己对家人的态度不对，那么我必将竭力去改变，依从她们的意愿，要我到哈尔科夫来，我就到哈尔科夫来好了。而且近来我对于一切事情都不大在意，到哈尔科夫去，到巴黎去，或者到别尔季切夫去，在我看来都是一样的。

十二点钟左右我到了此地，住在离大教堂不远的旅馆里。火车上颠得厉害，身体觉得异常倦累，所以一到旅馆，就躺在床上，抱着头，等着面部痉挛病的发作。今天应该去看望几个熟识的教授，可现在既没有兴致，更没有力气。

一个年老的侍仆走进来，问我有没有带床单。我把他留住了五分钟，关于格涅凯尔的事情向他提了几个问题——这是我来此的目的。这个侍仆是哈尔科夫本地人，对这个地方的了解就跟对他自己的五指那么熟悉，但他并不记得有姓格涅凯尔的人家。我问到财产的事情，他也是一样不知道。

廊下的钟打了一下、两下、三下……我觉得我一生中最后等死的几个月似乎比我一生的时间还长得多。时间过得这么慢，换了以前，我绝不能像现在这样淡定。以前在车站等车或者坐在考场里，那时候的一刻钟好比一万年，现在我却能够整夜坐在床上不动一动，冷漠地想明天也会有这样漫漫的长夜，后天还会有……

廊下的钟打了五下、六下、七下……天黑下来了。

脸上隐隐作痛，是面部痉挛病发作了。为运用我的思想起见，我便用自己原先的旧观点自问道："为什么我这样有名的人物，竟坐在这小小的房间里的铺着一条陌生的灰色被子的床上？为什么我眼睛看着这便宜的铁制脸盆，耳朵听着廊下坏钟滴滴答答的响声？难道所有这些都和我的名誉、和我在众人中的崇高地位相称吗？"对于这些问题，我只能用冷笑来回答。我在年轻时把名誉和因名誉而享受的特殊地位看得很重，这种心理我现在却觉得异常可笑。我很有名，我的名字被人尊敬地念着，我的照片登在《田野》和《世界画报》上，关于我的传记文章还曾在德国某杂志上刊登过，可是这又有什么意义呢？现在，我一人孤孤单单地旅宿异乡客店，用手掌揉擦自己发痛的脸颊……家庭的吵闹，债权人凶悍的面目，铁路服务人员的无礼，身份证制度的不方便，食堂饭食的昂贵和不健康，以及一般人的无知和相互间的粗鲁，所有这些对我的影响，不亚于对那些只知道自己所住街巷的事情的市民。我的特殊地位究竟有什么意思呢？即使我的名气大极了，成为全国皆知的英雄，所有的报纸都登载我的病况，邮局常送来同事、学生和群众的慰问信，可是所有这一切都不能阻挡我痛苦地、孤单地死在异乡……当然，关于这件事情谁都没有错，但是我真不喜欢自己的大名，仿佛它把我骗了似的。

十点钟的时候我睡下了，虽然脸痛，却睡得很熟，如果没有人喊醒我，会睡得很久。两点钟的时候，忽然有人敲门。

"谁？"

"电报！"

我很生气，从侍仆手里接过电报，说道："明天也可以送来呀，现在我再也睡不着了。"

"得罪得很，你屋里还亮着灯，我以为你还没睡呢。"

我撕开电报，先看了看署名，是妻子发来的。她又有什么事？

"昨日格涅凯尔与丽萨秘密成婚。速归。"

我看着电报，惊吓了许久。使我惊吓的不是丽萨和格涅凯尔的行为，而是我得知他们俩结婚的消息后的那种淡漠心情。据说哲学家和真正的贤人都是冷漠的，这话不对，冷漠是灵魂的刽子手，是提早的死亡。

我又躺在床上，极力想运用起自己的思想。想些什么呢？大概所有的事情都已经想了一遍，现在没有什么事情能引起我的思绪了。

天刚亮，我就坐在床上，两手抱着膝盖，因为无事可做，便努力认识自己。"认识自己吧"——这自然是很好，并且是很有益的忠告。只可惜古人未曾想出怎样实行这种忠告的方法来。

以前我想了解别人或自己的时候，我所注意的不是受约束的行为，而是欲望。告诉我你要什么，我便能说出你是什么样的人。

现在我就问自己：我要什么？

我希望我的妻子、孩子、朋友、学生不要爱我的名字，而是爱我如同平常人。这有什么呢？我希望有助手和继承人。还有什么呢？我希望一百年后再醒过来，至少用一只眼睛看将来的科学成了什么样子。我还希望多活十年……这算什么呢？

此外就没有什么了。我想了又想，考虑良久，却再也想不出什么来。无论我怎么想，无论我往哪里去抛掷自己的思想，我清楚地知道在我的愿望里并没有什么特别重要的东西。我对科学的爱好，我对生活的热望，我想认识自己的意图，在所有我根据各种事情形成的思想、情感和概念里，缺乏一个共通点把一切串成一个整体。每种思想和每种情感在我心里是孤立存在的，而有关我对科学、戏剧、文学、学生的见解，我的想象力所描绘的各种图画，即使是熟练的解剖家也找不到那所谓"中心思想"或"活人之魂"的东西来。

没有这个，就等于一无所有。

在这种困窘的条件下，那厉害的疾病，死亡的恐怖，只要受到环境和人们的影响，足以把我以前认为是自己的人生观，我从中发现人生意义和快乐的那种东西，一下子就推翻过去，碎成粉末。难怪数月来，我被那奴隶和蛮人才有的思想和情感弄得最后的日子暗淡无光，到现在，对一切都十分冷淡，连黎明的曙光都感觉不到。当人的内心缺乏比外界影响更高超、更坚强的东西的时候，哪怕让他打个喷嚏，也能让他失去常态，看见鸟就以为是猫头鹰，一听见声音就以为是犬吠。他的所有乐观主义或厌世主义，以及他伟大或渺小的思想，在那时候就只有象征的意义，别的没有什么了。

我失败了，如果是这样，那么也不必再继续想下去了，多说也无益，那就坐在那里，静静地等待事情的结果。

早晨侍仆给我送茶进来，带来一份当地的报纸。我机械地看了看第一页的广告、社论、报纸杂志的摘要和新闻……在新闻栏中我看到一则消息:"昨日我国著名学者、大学教授尼古拉·斯捷潘诺维奇搭邮车抵达哈尔科夫,现寓某旅馆中。"

可见响亮的名声是为独立于具有该名声的人而形成的。现在我的名字正安静地游荡在哈尔科夫全市,过上两三个月,这个名字还要用金字在墓碑上刻出来,光荣如同太阳一般,到那时我的身上已经覆盖满了青草……

传来轻轻敲门的声音。有人来找我。

"谁?进来吧!"

门开了,我惊讶起来,往后退了一步,理了理自己的睡衣。在我面前站着的竟是卡嘉。

她在楼梯上走得急了一点,气喘吁吁地说道:"你好呀,你想不到吗?我也……也来到这里。"

她坐下来,并不看我,继续吃吃地说道:"为什么你不和我问好?我也来了……今天来的……我打听到你住在这个旅馆里,所以到你这里来了。"

我耸了耸肩,说道:"很高兴见到你,但是我很奇怪……你仿佛从天而降。你到这里来做什么?"

"我吗?就是这样……要来就来了。"

沉默了一会儿,她忽然站起来,走到我面前。

她脸色苍白,两手按在胸前,说道:"尼古拉·斯捷潘诺维奇!尼古拉·斯捷潘诺维奇!我不能再这样生活下去了!不能了!……看在上帝的分上,请你快说,立刻就说,我该怎么办?你说,我该怎么办?"

我不安起来,说道:"我能说什么呢?我也无能为力。"

她叹了一口气,全身哆嗦了一下,继续说道:"求你说吧!我向你起誓，我不能再这样生活下去了！我支持不住了！"

她倒在椅子上，呜咽起来。她回过头去，绞着手，跺了跺脚，帽子从头上滑落下来，头发也披散开来。

她哀求道："帮帮我吧！帮帮我吧！我不能再这样活下去了。"说着，从旅行箱中取出一块手巾。几封信随着抽出来，从她的膝盖直落到地板上。我从地上捡起来，在其中一封信上认出了米哈依尔·费多罗维奇的笔迹，无意中看见了两个字："热烈……"

我说道："卡嘉，我想不出什么话要对你说。"

她握住我的手亲了一下，呜咽道："请你帮助我！你是我的父亲，我唯一的好友！你聪明，又有学问，活了这么大岁数！你是老师！你说，我该怎么办？"

"卡嘉，说真的，我不知道……"

我又惊愕又难受，她的哭泣让我心乱如麻，几乎要跪下去了。

我勉强笑了笑，说道："卡嘉，我们去吃饭吧！不要哭！"说罢，我立刻又凄惨地说道："卡嘉，我不久就要不在人世了……"

她拉住我的手，哭道："哪怕一句话，哪怕一句话！我该怎么办呢？"

我喃喃说道："你真是奇怪的女人……我真不明白！你这样的聪明人，忽然……大哭起来……"

随后又沉默起来，卡嘉理好头发，戴上帽子，把那几封信捡齐，放进箱里，她沉默着，显得不慌不忙。她的脸、胸脯和手套被眼泪浸湿了，可是脸上的表情还是十分冷淡……我看了她一眼，想到我比她快活便不由得惭愧起来。哲学家所谓的核心思想的缺乏，我直到临死前不久才体会到，可是这个可怜女人的灵魂从来没有安宁过，也不知道她一生的归宿在何处呢！

我说道："卡嘉，我们吃早饭吧。"

她冷冷答道："不，谢谢你。"

又在静默中过去了一分钟。

我说道："我不喜欢哈尔科夫，太乏味了，真是一座乏味的城市。"

"是，也许吧……不大美丽……我是路过，今天就走。"

"去哪里呢？"

"到克里米亚去……就是到高加索去。"

"好吧。去很久吗？"

"还不知道呢。"

卡嘉站起身来，冷笑了一下，并不看我，只是拉了拉我的手。

我打算问："我落葬的时候你来不来呢？"但是她并不看我，她的手冰冷。我一声不吭地送她到门口……她出去了，沿着长廊走着，并不回头。她知道我在后面目送她，大概在转弯的地方会回头望一望的。

不，她没有回头望，黑衣裳最后闪了闪，脚步声静了……我亲爱的，再见！